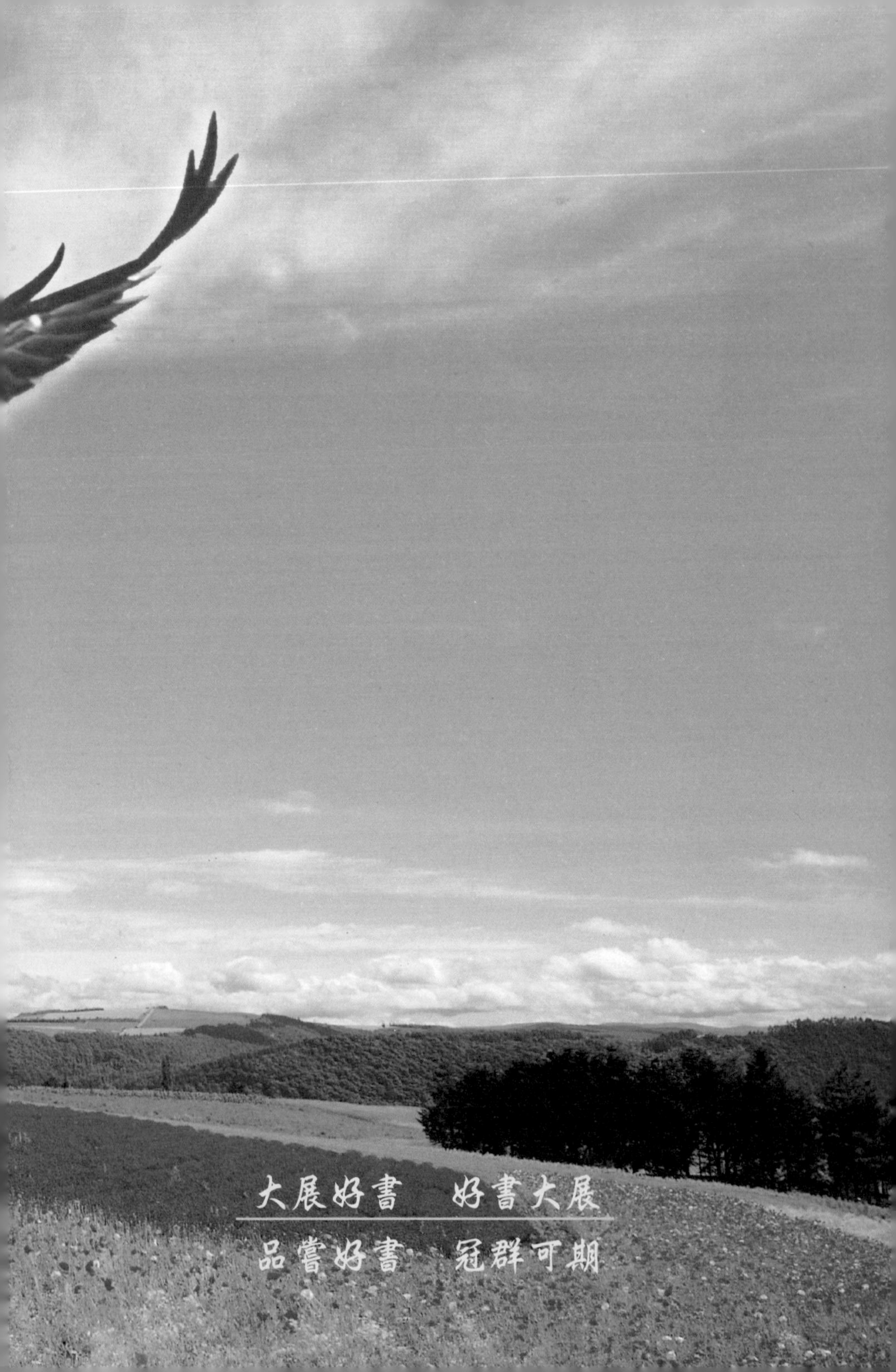
大展好書　好書大展
品嘗好書　冠群可期

大展好書　好書大展
品嘗好書　冠群可期

文學叢書13

夏明珠

陳長慶著

國家圖書館出版品預行編目資料

夏明珠/ 陳長慶 著. —初版
—臺北市：大展 ， 2003【民 92】
面 ； 21 公分 —（文學叢書；13）
ISBN 957-468-247-1（平裝）

857.7 92013149

夏明珠

ISBN 957-468-247-1

作　　者／陳　長　慶
封面攝影・指導／張　國　治
封面構成／林　俊　傑
校　　對／陳　嘉　琳
發 行 人／蔡　森　明
出 版 者／大展出版社有限公司
社　　址／台北市北投區（石牌）致遠一路 2 段 12 巷 1 號
電　　話／（02）28236031・28236033・28233123
傳　　真／（02）28272069
郵政劃撥／01669551
網　　址／www.dah-jaan.com.tw
E - mail／dah_jaan@pchome.com.tw
登 記 證／局版臺業字第 2171 號
承 印 者／高星印刷品行
裝　　訂／協億印製廠股份有限公司
排 版 者／千兵企業有限公司
金門總代理／長春書店（金門縣新市里復興路 130 號）
電　　話／（082）332702
郵政劃撥／19010417　陳嘉琳 帳戶
法律顧問／劉鈞男 大律師
初版 1 刷／2003 年（民 92 年）10 月

定價／200 元

與魔鬼共織的少女留台夢

——探討《夏明珠》的悲劇角色並代序

白翎

做為〈金門日報〉浯江副刊編務大革新中，〈小說大展〉的乾坤第一炮，陳長慶的第十二本文學創作——《夏明珠》，終於在五月一日和廣大的讀者們見面啦！

《夏明珠》同時也是陳長慶「四季書」的壓臺之作，和他的《秋蓮》、《春花》、《冬嬌姨》並列；曾是我再三的催促，尤其是《冬嬌姨》問世後，幾乎成了我們每次見面時，我必須提出的話題。

他的「四季書」寫作的先後並非依季節順序：《秋蓮》完成於一九九八年五月、《春花》完成於二〇〇一年十一月、《冬嬌姨》完成於二〇〇二年四月、《夏明珠》完成於二〇〇三年四月；除了《秋蓮》和《春花》的間隔較長，而「四季書」的構思還是在《春花》寫作前後的，大致上還是每年一書，對於一個業餘作家而言，這已經算是多產啦，何況是終日在書店裡，和書報文具銅臭追逐的陳長慶！

秋、春、冬 各有擅場

做為一個號稱是「鄉土作家」的陳長慶，他小說的場景絕大部分是在浯島家鄉——《秋蓮》的上卷在高雄港都、《夏明珠》留台夢的落點亦在港都，則屬異數。

一、哀怨歹命的剃頭女郎——秋蓮

高雄〔日日春理髮廳〕的理髮小姐——秋蓮，能成為為陳長慶筆下的神氣活現的人物，絕非偶然：關鍵不在理髮小姐，而是剃頭這門行業；因為陳長慶亦曾是名正言順的剃頭師傅，讀者們有興趣的話，不妨去看一下他的那本散文集——《木棉花落花又開》，裡頭的那篇〔剃頭師〕一文，就能明白他的信手拈來，皆是行話啦！

《秋蓮》分為上下兩卷，上卷——再會吧，安平！寫的是一九六五年陳大哥因公赴台，在高雄因理髮而結識了秋蓮，兩人因而在愛河畔、萬壽山展開了一段轟轟烈烈的戀情，在偌短的時日裡，更是玉種藍田，留下了後續的伏筆。

下卷——迢遙浯鄉路，時序來到一九九八年的花崗石醫院，陳老頭就醫時，意外遇著見面不相識的骨肉，在一番抽絲剝繭下，上演三十多年後的團圓戲，但是，美好夕陽的黃昏，卻只是暗夜的前奏曲；一家人相聚時，竟也就是天人永隔的剎那！淒慘啊，這正是陳氏悲劇小說的風格。

三十多年的秋蓮，歷經了短暫甜蜜的愛情、鱸鰻老馬的強暴而屈身為大哥的女人、老馬病死綠島及獨力撫養情人的骨肉、至其醫學院畢業後以賣檳榔度餘生；喜獲佳音，外島萬里會夫時，卻只能送夫上山頭：人間慘事，還有幾番若此！

哀怨歹命就成了秋蓮的宿命。

二、永遠豔麗的玫瑰——春花

在陳長慶的小說裡，《春花》是唯一活在現代社會、而不是回敘早年生活的小說；我曾對陳長慶說過，他的小說讓中古的金門人，看起來有似曾相識的熟悉；但是，對於年輕的讀者群而言，新鮮將會多於感觸。那麼，《春花》應該是難得的例外。

陳長慶本著他批判早年戰地政務體制的精神，在《春花》這本小說裡，嚴厲地批判當前的選舉文化，及社會的拜金現實。連龍套似的男主角的命名，都是含意深遠；「空金」這位高職農科畢業的農村青年，在小說裡只是一個被擺弄的角色，只是農業社會的最後一個純樸，是被燈紅酒綠的浮華現實所俘虜的純樸；矮古伯仔也不過是消磨殆盡、即將消失的古意；馬哥這位多金的中年男子，正是現今社會吃香喝辣、有錢萬事通的當紅炸子雞。

林春花是現實世界的化身，從酒國花魁、議場之花，竟然還能還樸歸眞的成為相夫教子的農家婦；從以「某大姊」委身空金、離異而成馬哥的黑市夫人，最後又與空金覆水回收的破鏡重圓。不知是陳長慶獨厚這朵玫瑰，還是空金眞的別具「空」格，就在讀者的一念之間啦！

小説從林春花為了參加選舉湊錢花用始幕，到尾聲的林春花拒收選舉財，倒是首尾相呼應的；針對選舉的一些描繪，也有一針見血的似曾相識，甚至林春花的角色，也並非陌生；畢竟，小説總歸是小説，誰也不必去對號入座，大家就別去管它，玫瑰是種在花園，長在叢林，還是掛在懸崖之中？

三、走出空閨的怨婦——冬嬌姨

《冬嬌姨》是陳長慶最速成的一本小説。

早年浯島飛砂走石，謀生不易；年輕人多出外就業，所謂的「落番」，從呂宋到東南亞一帶，都有不少浯島人的足跡。三十八年國軍轉駐浯島，之後的大量植林，造就今日綠化的金門；《冬嬌姨》描敘的就是獨守空閨的怨婦，和駐軍因接觸而引發的情愛火花。

這是陳長慶布局最完整的小說。我曾對陳長慶說，他的小說有跑單幫的，故事由主角出發，單線進行，即使有配角，常是輕描淡寫的；有的是有布局設計，但是有點像一棵樹，和樹旁的幾株小草；《冬嬌姨》的人物布局，猶如國泰人壽企業識別造型的那棵大樹，不獨枝節分明、主幹支幹各得其宜；加上綠葉如茵，濃密樹下好庇蔭，尤其更能發揮「綠葉襯紅花」的效果。在陳長慶作品中，是除了《失去的春天》外的另一佳作；而《失去的春天》的好，則在人物描繪的生動、景物讓人如身歷其境、富有高度的眞實感、情節發展彷彿記憶中，是一部著力甚豐的力作；尤其是我個人曾旁觀了整個孕育過程，更是格外的倍感親切。

《冬嬌姨》也是描繪最生動深入的，尤其是在揭發冬嬌姨的情愁愛慾上，作者花了不少的功夫，深入了冬嬌姨空虛心靈的深處，有內心的掙扎，有沾雨著露的喜悅，更有如魚得水的歡樂高潮。

這些論點，我在該書前的書評代序己有詳細的分析，不再贅語。

《夏明珠》的悲劇角色

《夏明珠》的故事情節，在當年稱之為「少女留台夢」；曾是多少父母心中永遠無法弭平的痛。說是誤入叢林的小白兔也好，說是初生之犢不識狼也罷，說是「夢」則是最妥貼不過的啦！

人類因夢想而偉大！這是多麼吸引人的一句話。的確，人類歷史上許許多多的發明，都是源自突發奇想的。那樣的夢，它的對象是事是物；如果對象成了人，那麼勢必平添無限的變數！如果對象是披著外衣的狼，夢境就會變成陷阱，美麗的空中樓閣，無異是海市蜃樓啦！與魔鬼共織美夢的錯誤，會有怎樣的下場，實在是令人不敢想像。

《夏明珠》就是與魔鬼共織美夢的一個樣版。那位剛從醫學院畢業的少尉醫官——王國輝就是那個魔鬼！已經有了一位端莊婉約又秀麗的女朋友，正等待著他退伍後一起出國留學的他，在初次見到夏明珠如此清麗貌美的佳人時，竟為了要暫時紓解一下被壓抑的情緒，把夏明珠當成目標獵物，定位為「心靈空虛，孤單寂寞時候的臨時伴侶」，這是王國輝的獸性；而陳長慶又賦給他怎樣的人性呢？「王國輝想著，想著：為什麼一個受過高等教育的醫科畢業生，也是未來懸壺濟世的醫生，竟然會有如此的思維？於是他低落的情緒不斷地往下沉，沉向一個不齒又矛盾的世界，沉向一個無恥又下賤的深淵裡。」

陳長慶就讓他就在人性和獸性之間掙扎，卻又讓他的獸性凌駕人性之上，如此的內省，在小說中出現了無數次——這也是陳長慶的掙扎。相信人性本善的他，寫不出萬惡不赦的狠角色，只有自慰似的安排了一隻有良知的狼，聊以自慰地暗示：他有良知，只有他的良知暫時被蒙蔽啦；他無心為惡，只是「枯燥乏味、單調又苦悶的軍中生活」，逼使他去和夏明珠玩玩；然後，揮一揮衣袖，不帶走一絲雲彩地解甲歸鄉去。最後，讓他偕女友飄洋過海，「全身而退」地淡出。

於是，夏明珠就無辜地成了祭品。自以為尋到一位如意郎君的她，放棄了對在台求學少東的綺夢，享受著王國輝眼前的愛情、現實的情慾；所以，好友秀菊和雇主罔腰姑仔的警語，都被置之腦後，這是陳長慶要表達的「少女的無知」；而夏明珠的堅信王國輝對她的愛情，和執意要生下腹中的胎兒，以及後來的堅決不接受林森樑的求婚，則是「少女的執著」；隻身赴台覓情郎而不可得，寄居翠玉姨家而去加工區做女工籌措生育費用，咬緊牙根面對現實的夏明珠，表現出「少女的堅強」；在颱風之夜的流產，父親的棄世，以女子之身承繼農耕，則是「少女的苦難」；陳長慶又塑造了一個悲劇角色，一如我在為他的第一本長篇小說「螢」再版序的標題——「頹廢中的堅持」，這回，《夏明珠》則是是十足的「苦難中的堅持」。

這樣的悲劇事件，在當年曾一而再，再而三的上演著；面對那些信誓旦旦的愛情謊言，那些自稱是大商行大工廠少爺的狼，矇騙了一位又一位的夏明珠：像《夏明珠》的遭遇，尚能全身而退，還算是「不幸中的大幸」；有的被棄之如敝履，任其自生自滅；有的忍辱偷生，承受命運的煎熬；有的就此流落異鄉，無臉再見江東父老；有的被安排在田野間的草寮裡待產，面對探視的鄉人淚滿襟；更有的被戰地政務的枷鎖所制，走不出料羅灣，只能在島外島「叫天天不應、呼地地不靈」的吞淚著……這就是令人無限唏嘘的時代悲劇！

目睹戰地軍管的怪現象

在陳長慶的小說裡，總免不了要對早年的軍管現象提出一些批判與譴責，《夏明珠》也不例外，讓我們看看，陳長慶又揭穿了那些怪現象：

一、走後門的求職謀事：所謂的「高官的一句話，或一張紙條」，以當時陳長慶工作的場地，相信看見的總比一般人聽見的還多，那些以什麼乾的濕的女兒妹子，而求得一官半職的現象，如果要說沒有，反而令人詫異！所以一般的草民，在走投無路之下，也只有忍氣吞聲，自艾自嘆啦！雖然夏明珠是沒有門路可走，只得去撞球場當計分小姐，但她從副組長手中拿回的禁書，不就是走後門的一個例子嗎？

二、港口聯檢的肆無忌憚：每當有船班來到，海灘上最常見的景象是：從登陸艇搶灘復活的死老百姓們，提著大包小包的行李，排著偌長的隊伍，彷若在海沙中留下的那兩排深深的腳印，等候在鐵絲網出口之前，接受翻箱倒櫃式的徹底檢查，一包包細綁得結結實實的行李，打開後被一件件的抖落，然後呢，怎麼拿回家，那是你家的事啦！本來提在手上的行李，檢查後往往用雙手捧著，也不見得拿得走，動作慢了一點，幾聲吆喝還算是客氣的啦。

三、查扣查禁任我行：當年除了對印刷品的管制，因關係貫澈愚民的思想政策，而無限上綱，做得滴水不漏，警總的禁書目綠，足以媲美四庫全書；為了防止有人泅水對岸，尤其對漂浮物品的管制，更是捕風捉影，籃球要管制，保特瓶要管制，所有的充氣用品，無一不須登記列管、定期檢查的；至於郵寄物品的檢查，如甕中之鱉；而聯檢人員對於精彩的查扣品，有福同享的流傳，更是眾人皆知的事實。

四、特權人物充肆：那些「吃肉又吸血的人」指責別人「拿著雞毛當令箭，耍耍威風，整整自己的鄉親」；其實，不過是「五十步笑一百步」罷了。那些XX隊、XX組的，都是讓人聞之色變的人物；至於柏楊筆下的「三作牌」——那些儼然「作之君、作之父、作之師」的警察大人們，他們無所不管，無所不訓，興之所至，連看見有人拿個打火機，也要查問你：會不會抽煙？更是不遑多讓；書中所說的委託大採購溜之不付款、玩樂欠賒不付錢、燈光外洩管制，不過是萬中之一罷了。

五、出入境及機船管制：軍管時期為了防止人口流失，及逃避民防訓練，採取了嚴格的户籍列管、出入境限制，沒有經過核准，別說是人插翅難飛，連一隻小鳥都飛不出去的；飛機船艦都要有所謂的三聯單、五聯單的查核；再透過登記造冊，所以當年能在半夜時分，得以像人蛇般地擠上登陸艇，已是莫大的恩澤，該感謝的人也不止一籮筐啦！

當然，不會只有以上這些引伸說明的。還是去看本文，會有更多的實況報導的。

就文論文，《夏明珠》是批判性勝過文學性的；具備了高度寫眞的報導性，或許更吻合了此波〔金門日報〕浯江副刊編務大革新，以鄉土性為中心的特徵，充分揭示金門戰地的特色，以及為浯島的昨日留下完整的記錄，當然是金門文壇可以發揮的重點方向。而陳長慶的每一部作品，都正是家鄉角落的寫照；我們期待著：更多陳長慶的作品，讓家鄉有更多不同角度的呈現，也讓我們從這些作品裡，走過昨日的金門，看見今日的金門，而一同向明日的金門邁進。

是關懷，也是期待。爰以為序。

目錄

寫在前面

送走了老海，夏明珠孤單無語地坐在大廳一個暗淡的小角落。面對著供桌上那塊簇新的神主牌，金色的字體在白色的燭光下，反射出一絲微弱的光芒。那碗冰冷的白米飯上，有一圈圈的清煙繚繞，紙錢的灰燼在地上飄動，讓這方破舊的屋宇、斑剝的牆壁，平添一份悲傷的淒涼感。雖然老伴走了，走到一個無憂無慮的極樂世界，留下孤苦無依的她；但，日子總是要過的，一切必須自己來面對。夏明珠想著、想著：想起悲傷苦楚的一生，想起往後的人生歲月，情不自禁地悲從心中來，淚水沿著臉上深深的溝渠，不停地往下淌，往下淌：：

1

在戒嚴時期、戰地政務體制下，
沒有人事關係和背景，
一位初中畢業生又能謀求一份什麼樣的工作？
或許，不是到百貨店、雜貨舖當店員，
必也是在冰果室端盤子或撞球場當計分員。
有福分進入公務機關的，
那也必須憑藉著高官的一句話或一張紙條

夏明珠出生在東半島一個貧瘠的小農村，以她的家境與同齡的孩子相較，父母能勉強讓她讀完初中，的確不是一件易事。然而生長在那個年代，在戒嚴時期、戰地政務體制下，沒有人事關係和背景，一位初中畢業生又能謀求一份什麼樣的工作？或許，不是到百貨店、雜貨鋪當店員，必也是在冰果室端盤子或撞球場當計分員。有福分進入公務機關的，那也必須憑藉著高官的一句話或一張紙條。其他人非不能，而是要透過關係，由一些有錢又有勢的社會人士來引薦，始能如願進府門。真正憑本事考進去的當然也大有人在，只是他們付出的心血，往往要超過別人好幾倍，這是不可否認的事實。倘若長得美貌，又善於交際，拜高官為乾爹或者是乾哥，如此的乾女兒和乾妹妹，只要高官一句話，人事單位想不任用也難啊！這種現象對島民來說似乎是見怪不怪，但誰又奈何得了；倘若要怪，那就怪自己沒有生一個漂亮的女兒吧！

夏明珠雖是這個家庭中的獨生女，然她自幼生長在貧困的農家，現實的環境並沒有讓她成為一個嬌生慣養的千金小姐；相反地，她更加勤奮和努力，憑著聰穎的智慧和在校的好成績，初中畢業後也順利地考上高中。然而，務農的雙親，賣了家畜、賣了作物，除了償還在小鋪賒欠的貨款外，所剩已無幾；再怎麼地辛勤耕耘、省吃儉用，依然籌措不出那筆為數不小的註冊費和住宿費，來讓她繼續升學。夏明珠也能理解到家中的困境，體會到雙親的辛勞；沒有堅持非繼續升學不可，反而想到要快一點找個工作，好賺錢貼補家用。然而一個十七歲的女孩子她能做什麼？雖然她的發育正常，留了長髮、穿上輕便的服飾，看來已是一位婷婷玉立的小美人。但沒有乾爹和乾哥，又少了社會人士做後盾，在這茫茫的人海裡，又能找到一份什麼樣的工作？在輟學的那段日子，雖然分擔了家中許多工作，每天有忙不完的農事和家事，但，又能為這個貧困的家庭增加多少收入？看到豬欄裡那幾隻吃著米糠拌野菜，發育不全、營養不良的豬仔，看到門外那群吃著廚餘，野放在芭樂樹下的雞鴨，又待何日始能成長，好為這個家庭換取一些微薄的銀兩，來改善困頓的生活。但這畢竟不是一個短暫的夢想，待這些畜牲能出售，不知還要吃掉幾包米糠、幾擔野菜，花費多少心血？每當想起這些，夏明珠的心總是不停地在悸動，出外謀生的慾望也相對地強烈。倘若和父母親默守在這個小農村裡，也僅能減輕他們少許的工作負擔，對於經濟來源則毫無助益；一旦能找到工作，卻月月能領薪來貼補家用，對這個家才有實際上的幫助。夏明珠年紀雖小，這些現實的問題，卻經常地在她腦裡盤旋著。

秋節過後，夏明珠經同村一位好姊妹秀菊的介紹，來到一個新與的城鎮，在一家新開的撞球場當計分員。起初她的父母是堅決反對的；在他們的觀念裡，撞球場是一個不良的場所，進出的人複雜，都是一些遊手好閒的「少年家」或是些無聊的「兵仔」。一個清白又純潔的「查某囝仔」，一旦在這種「不三不四」的地方「吃頭路」準會變壞。然而，當他們看到秀菊已在這個城鎮的撞球場工作了好幾年，非但沒有變壞，反而更懂事。她哥哥讀書的學雜費，以及家中一些零星的支出，都是她賺取來的，自已省吃儉用也有點儲蓄，將來的嫁粧那還用愁。況且，事在人為，一切操之在我，處處都有「變」與「不變」，人何嘗不是有好亦有壞？倘若沒有秀菊的介紹，那能有這個機會；不知還要待在家裡枯等到幾時！於是，他們不再堅持什麼，放心地讓夏明珠跟著秀菊走，走向一個全然陌生的環境裡。

新城鎮雖然只有二條街道、一個市場。但它位於防衛司令部的太武山下，鄰近有一個重裝師、一個輕裝師，加上防砲團、港指部、運輸營……，駐守的兵力總有數萬人之多，閒暇假日大部份都在這個新城鎮消費和活動，無形中也帶動這個新城鎮的快速發展和繁榮。有眼光的商人集資蓋了豪華的電影院，公營的克難電影院也改建成現代化的娛樂場、交誼廳。在這二條窄小的街道上，大凡五金百貨、文具書局、日常用品、成衣鞋業、水果蔬菜、魚攤肉販、菜館飯店、冰果室、撞球場……可說是應有盡有。購買電影票的長龍、人擠人的車站，撞球場佔不到位子而排排站的旁觀者、冰果室裡吃冰的人潮，每當電影散場，數十人追逐一部計程車的情景經常可見。

夏明珠受雇的是被稱為「撞球街」的中正路，這條街屈指一算，或許有十來家撞球場。只見她每天忙著計分、計時，撿球、擺球、結帳，忙得團團轉，也忙得很有成就感。當然，最高興的還是她的女老闆，一個靠著僑匯過生活，人人叫她「罔腰姑仔」的老女人。其實罔腰姑仔既不愁吃也不愁穿，為什麼要租下這間店面經營撞球場？最主要的目的，或許是排遣寂寞吧。她的丈夫在南洋另有家室已是家喻户曉、眾所皆知，唯一的孩子林森樑卻遠在台灣讀大學。丈夫雖然按月寄回她和孩子的生活費，但又有誰能體會出她內心裡的孤單和寂寞。於是，她動用了極小部份的存款，開了這家本小利多的撞球店。每天看到進進出出的客人，以及那些在檯上滾動的七色球，她的精神似乎有了寄託；緊繃的臉上也有了笑容，孤單寂寞的心既感興奮又開朗。原以為只要夠開銷就好，賺不賺錢則是其次，想不到請來一位伶俐乖巧又善於招呼客人的好幫手，讓她財源滾滾、喜上眉梢。當然，她也沒有虧待她，第一個月就給了夏明珠五百元的薪餉，還管吃、住，若與其他撞球店的小姐相比較，可算是高薪；樂了伙計，當然也樂了老闆。

隔週的星期一，罔腰姑仔總會讓夏明珠休息半天，讓她回家探望父母；逢到月初，亦可將薪資一併帶回。坦白說，罔腰姑仔自幼在這塊土地上長大，深知「做穡人」的疾苦。尤其是生長在這個貧瘠的島嶼上，風沙大，水源又缺乏，一切農作物的收成，必須仰賴老天適時地普降甘霖，以及沒有受到蟲害，始能有口「安脯糊」吃，這也是俗稱的「好年冬」。倘若遇上旱災又蟲害的「歹年冬」，做穡人內心的苦楚和無奈，不是三言兩語可道盡。罔腰姑仔來自農家，從懂事起就親眼目睹這些情景；雖然長大嫁人後有了一些改變，但每當想起這些、想起一生務農而早逝的父母親，何嘗不是感同身受。

而婚後的第三年，當她生下孩子不久，丈夫卻遠去南洋無歸期；雖然按月寄回生活費，但她的心就猶如這片貧瘠的土地，缺少春風的輕拂、春雨的滋潤，與島上乾旱的田野並沒有什麼兩樣。因而，對於來自農村的夏明珠，她的內心裡始終有一份難於割捨的鄉土情懷，處處關懷著她與她的家人。然而，人的思維有時是很奇怪的，罔腰姑仔是否真正的關懷她們呢？卻也不盡然。如果用「自私」二字來做詮釋，或許也非常恰當；因為夏明珠與罔腰姑仔只不過是雇主的關係，一旦相處不融洽，隨時會走人；而罔腰姑仔是否能找到一位比夏明珠更好的小姐？夏明珠是否能找到一份比這裡待遇更高的工作？的確都是一個未知數。這種不定形的關懷，倘若以人際關係來說，那便是相互利用，也是人性最大的弱點和詬病。

公車疾駛在平坦的柏油路，兩旁翠綠的木麻黃形成一條綠色的隧道，車窗外的微風輕輕地吹動著夏明珠長而烏黑的髮絲，這是她第二次坐在回家的車上。她的神情愉悅，唇角含笑，只因為行囊裡多了一份用勞力換取而來的鈔票。五百元不是一筆小數目；一條大肥豬要吃掉多少米糠、多少廚餘和野菜，花費多少心血始能把牠養大？而一擔，又能賣多少錢？一百斤芋頭、一百斤地瓜，壓彎了父親的腰，挑到市場又能值幾文？一個月五百元的薪餉，對這個貧窮的家實在太重要了。

父親有了這五百元，或許會先償還在小鋪賒欠的帳款；在這個小小的村落裡，她的父母親雖然識字不多，也有點兒木訥，但忠厚樸實，是典型的做穡人。夫妻倆向來講信用，只要賣了畜牲和農作物，不管多少，還帳總是最優先。因而，村裡的小鋪從未拒絕火旺叔、火旺嬸一家人的賒欠；也可說應了古人一句話：有賒有還，再賒不難。

夏明珠在村郊下了車，抄著熟悉的小路；她的腳步輕盈曼妙，彷佛是一個快樂的小天使。雖然她的衣著簡樸，未加修飾的臉龐更顯清麗。在短暫的時光裡，似乎尚未染上城市浮華的氣息，一顆純潔的少女之心表露無疑。然而，一樣的時空、不一樣的環境，往往會改變一個人，有人向上提升，有人向下沉淪，這或許是蒼天考驗人類智慧的開始。來自鄉村的夏明珠，是否能通過這道滿佈荊棘的關卡、禁得起外來的誘惑，為自己開創出一條邁向幸福人生的康莊大道？這或許也是她的父母唯一的期待。

「媽。」腳剛跨入大門的門檻，夏明珠迫不急待高聲地喊著，也四處地張望著。

「阿珠仔，」火旺嬸喊著她的小名，放下手提的餿水和米糠拌成的豬飼料；粗糙的手佈滿著米糠的餘渣，她熟練地在自己的褲上抹擦了兩下，而後快速地迎了過去，拉起夏明珠的手興奮地說：「妳回來啦！」

「媽，我領薪水啦。」夏明珠打開提包。

「老闆給妳多少？」火旺嬸急速地問。

「五百元。」夏明珠從提包裡取出一疊紙鈔，順手遞給火旺嬸。

「五百元，那麼多呀！」火旺嬸接過紙鈔，右手指沾了一下口水，笑容滿臉地數著。

「老闆要我好好工作，以後還會加薪呢。」夏明珠也難掩喜悅的笑容。

「待會兒妳爸爸從山上回來，看到這些錢不知道會有多高興。」

火旺嬸緊緊地握住那疊鈔票，彷彿也握住一個希望。

火旺叔戴著箬笠、捲著褲管，挑著滿滿的一擔蕃薯回到家。看到多日不見的女兒，接過那疊印著孫中山肖像的十元鈔票，無窮的喜悅寫在他的臉上，內心裡卻有一份不捨的輕愁。他何其無能，非但不能讓女兒多讀點書，反而讓一個十七歲大的女孩子，拋頭露面地到外面賺錢來貼補家用；然而，當他想起困頓的家境，想起在小鋪賒欠的油、鹽、米帳，眼裡似乎有一絲悲傷的淚光在閃爍。他顧不了咕嚕咕嚕作響的腸肚，帶著那疊鈔票，直往小鋪走去。

「火旺叔仔，你真好命喔，女兒都可以賺錢了。」雜貨鋪的老闆娘阿麗翻閱著帳簿，笑嘻嘻地說。

「說來見笑，」火旺叔微嘆了一口氣說：「父母不中用，才會讓女兒拋頭露面到外面工作。」

「話不能這樣講，」阿麗雙眼盯著帳面，手指撥弄著算盤上那些黑色的珠子，誠摯地說：「時代不同了，男女都一樣！守在這個家，守住那幾畝旱田，總不是辦法。阿珠她一個月就能賺五百元；我們從早到晚辛辛苦苦耕作，養牛又餵豬，養雞又養鴨，一個月又能賺多少？」

「說來也是。」火旺叔幽幽地說，雙眼卻緊盯著阿麗身旁的算盤。

「從年後到現在，總共是四百七。」阿麗說著，順手把帳簿放在火旺叔的面前，「你要不要看一下？」

「不必啦。」火旺叔又把帳簿推回去。順手取出鈔票，食指沾著口水，邊數邊說：「增添妳不少麻煩，說來見笑。」

「這是什麼話，不要說是四百七，憑你火旺叔的信用，一千七我也會賒你。」阿麗接過鈔票，沒有再點數，直接放進抽屜裡。

「妳怎麼不點一下呢？」

「你數得比我還仔細，不會錯的。」

火旺叔笑笑，沒再說什麼。他向阿麗點點頭，而後摸了摸口袋，緩緩地移動著腳步，內心卻不停地盤算著：剩下的三十元他不能自私地留下來做家用，必須給阿珠做零用錢。女孩子嘛，總得買點面霜或粉餅之類的化妝品來妝扮妝扮；尤其在城裡接觸和來往的人多，與務農的鄉下是完全不一樣的。同村的秀菊早已把頭髮燙起來了，雙頰還抹了一層薄薄的胭紅，看起來就像經常來勞軍的康樂隊小姐一樣漂亮。而阿珠的長相，幾乎是她母親年輕時的翻版。她的體形高佻、膚色白皙又紅潤，挺直的鼻樑加上烏黑的大眼；細眉上那頭娟秀的髮絲，像似有萬種柔情在搖曳。人人都誇母女倆同屬美人胎，唯一不同的是：母親秀麗木訥，而她俏麗活潑。一旦加以化妝，再添購幾套時下流行的服飾，絕不遜於秀菊，甚至要比她還美。然而，歲月卻也不饒人。想當年容光煥發的牽手，已被生活的重擔壓彎了腰；額上深深的溝渠，粗糙的雙手、雪霜的髮絲，再厚的面霜和香粉依然覆蓋不住時光留下的痕跡，依然掩飾不住蒼老的容顏，這或許就是所謂：無情的人生歲月吧！身為萬物之靈的人類，不接受也得承受；又有誰能避開這道現實的關卡？又有誰能讓時光倒轉，永保青春年華不消逝？或許要問問那無情的光陰、逝去的歲月。

2

身處在這個孤懸於金廈海域的小島上，
不僅是戰地，亦是執政者夢想中反攻大陸的跳板。
首先蒙受其「恩澤」者，必是純樸善良的島民。
在單行法的侍候下，欲加之罪何患無詞！
嚴刑拷問後再送明德班管訓，
是身歷其境者內心永遠的痛

年關將屆，各級學校也紛紛地放寒假。罔腰姑仔在台灣讀大學的獨生子林森樑也回來了。

他因為蓄了長髮，出入境證被港警所扣留；必須把頭髮剪短，檢查合格後始能領回。這在戒嚴時期戰地政務體制下，原本是一樁微不足道的小事，證件被扣留的居民，往往也是敢怒不敢言，乖乖地剪短頭髮再把出入境證領回，以方便下一次出境之用。然而，受過高等教育的林森樑卻不這麼想，始終認為聯檢人員故意找麻煩。除了扣留他的出入境證，翻遍了他的行李袋，竟連一本《中國哲學史》也被查扣。這本書是他選修的一門課中，最主要的輔助教材，老師在推薦這本書的時候也曾經提醒過他們：「這本書是在大陸出版的，作者迄今仍然滯留大陸，被當局歸類為「投匪」。台灣的出版商偷偷地把它翻印，雖然沒有印上作者的姓名，亦無出版社的地址，但首頁的序言中，清晰地記載著『上海，14，2，16唐鉞』，在學校閱讀或許沒關係，一旦攜帶出去被安全單位查到，還是會有麻煩的。」

如今，麻煩來了。他原以為這些安檢人員都不是正規的檢調出身——有些是經過短期訓練的戰鬥村警員轉任，有些則是軍中憲兵臨時支援。他們或許只懂得刁民，只懂得在善良的百姓面前耍威風，專查扣一些無關痛癢的東西，挑些雞毛蒜皮小事，事後再找你去問話、通知你去領回。林森樑心裡想：這些狗屁又草包的安檢人員，誰又懂得「中國哲學」這門深奧的學問？這或許也是他勇於把它帶回來的最大原因吧！然而，他卻低估了他們；先扣留再找證據是這些人常用的伎倆。警總那本厚厚的查禁書刊目錄，以及戒嚴地區軍管時期訂定的一些單行法，是他們的神主牌和護身符。閱讀和收藏投匪作家的作品，該當何罪？這又是一條六法全書裡面找不到的罪名。

或許，它的罪名可大亦可小。倘若找對人去關說，大事依然可化小；如果一味地和他們作對，絕對是吃不完兜著走！尤其是身處在這個孤懸於金廈海域的小島上，不僅是戰地，亦是執政者夢想中反攻大陸的跳板。首先蒙受其「恩澤」者，必是純樸善良的島民。在單行法的侍候下，欲加之罪何患無詞！嚴刑拷問後再送明德班管訓，是身歷其境者內心永遠的痛；倘若不依，必用軍法大刑來伺候。這不知是島民的悲哀，抑或是時代的悲哀？

林森樑想過這些嗎？想到它的嚴重性嗎？他雖然受的是高等教育，對於島上一些惡質的文化和陋規，在認知上似乎還有一段差距。他始終不相信：為了一本書會殺了他的頭？當然，殺頭是不會的，但精神上所受的折磨，才是一位知識份子內心難以承受之重。

連續幾次被安全和保防單位傳喚後，他的母親罔腰姑仔更是坐立難安、輾轉難眠，食不知味，憂心的程度不在話下。她左思右想，實在也想不出一個可以助她一臂之力的人。萬一林森樑被關了起來，那要怎麼辦？的確讓她心急如焚，不知所措。突然，夏明珠想起一夥經常穿著便衣來打撞球的大哥哥，聽說是情報隊的人員，住在距離這裡不遠的一個村落。有一位叫劉中立的大哥哥，他們都叫他副組長，不但要認她做乾妹妹，以後如果要到台灣去，還答應幫她排船位、找船票；並且留下西康總機以及他們單位的電話代碼給她。過後甚至有人打趣說：如果有警察想找麻煩，只要提起他的名字，局長也要禮讓和尊重他三分，遑論是那些警員。夏明珠心裡想：當初的言談雖然只是一些玩笑話，並沒有刻意地把它記在心裡，從他們談話的模樣來看，似乎也不像是吹牛。如果能請他們出面關說，森櫟哥的事一定很快就能解決的，絕對不會變得那麼複雜。然而，她並沒有立即告訴罔腰姑仔，必須等見到劉大哥再說。

那晚，一輛小吉普車停在罔腰姑仔的店門口。劉大哥一夥又再次光臨這方撞球場。夏明珠見了他們趕緊迎過去，迫不急待地走到劉大哥的身旁，低聲地對著他說：

「劉大哥，有點事想請你幫個忙。」

「妳儘管說。」劉大哥信心十足地回應她。心裡也同時想著：這個小女孩的請託，還會有什麼辦不了的大事！

得到劉大哥善意的回應，夏明珠神情嚴肅地把林森櫟這段時間所發生的事，向他陳述了一遍，其他人也聚精會神地聆聽著。

「小妹，妳放心啦！」劉大哥搖搖手，輕鬆地說：「這種事對我們來說已是司空見慣，芝麻小事一樁。只是，有些人喜歡拿著雞毛當令箭，耍耍威風，整整自己的鄉親。」

「小妹呀，副組長說得沒錯。」留平頭的王大哥接著說：「妳年紀還小，涉事未深，不要以為金門人會袒護著金門人、照顧著金門人，有些簡直比外地來的還要壞！」

夏明珠如同一塊未染色的白布，她希望的只是得到劉大哥的協助，讓森樑哥平安無事，讓罔腰姑仔免於憂心。對於他們的批評和尖銳的話，聽來只是一臉的茫然，無從回應。執法者依法執行，是無可厚非的事，她也不清楚有些金門人為什麼會比外地來的還壞？為什麼金門人不懂得袒護著金門人、照顧著金門人？這是他們主觀的認定和看法？還是真有其事？一連串的問號在她腦裡盤旋著，然她並沒有迫切地想求取答案。

自小成長於農村，學校畢業後來到這個新興的城鎮，她並沒有遇到什麼重大的挫折和麻煩。每天面對著那些在綠色絨布上滾動的七色球，閒暇時陪罔腰姑仔聊聊天，偶爾的向她請個假和同村的秀菊出去吃碗冰、看場電影，好幾個月來，她的生活就是在這種單純的環境下度過。雖然她也見過警察，但似乎不像他們所說的那麼惡質。每天他們會巡街二次，唯一的是要店家把地掃乾淨，把垃圾桶排放整齊；晚上十點戒嚴時，他們也會猛吹著哨子，要店家關門打烊，不得讓燈光外洩。或許她們較善良，對於警察的要求是百依百順，不敢逾矩。而其他商家是否也如此呢？倒也不盡然，警民的爭吵聲依然時有可聞。是商家不服取締？還是警察的服務態度惡劣，要求過於苛刻？有人甚至等他們走後，再以三字經破口大罵，來出口怨氣。最常聽到的是「幹伊老母，金門人欺負金門人」這句粗話。然而，她置身的是在事外，站在二個不同極端者，往往公說公有理，婆說婆有理，似乎是很自然的現象。當有一天她受到不平等的待遇時，勢必也會有反抗的聲浪，這也是人類心靈中最原始的反應。

第二天，劉大哥的吉普車又停在罔腰姑仔的店門口。他並沒有下車，坐在指揮座上向夏明珠招招手，她興奮地跑了過去，接過一包用舊報紙包裹的東西。

「小妹，妳交待的事替妳辦好了，書也拿回來了。」

「謝謝你，劉大哥。森樑哥不會有事吧？」夏明珠向他點著頭，心中依然有所疑慮地說。

「放心吧，不會有事的。」劉大哥堅定地說。

夏明珠揮手送走了劉大哥，迫不急待地往林森樑的房間走去。只見罔腰姑仔也在他的房間裡，母子倆無語地面對著，落寞和無奈同時寫在他們的臉上。這是一個不一樣的年代，不一樣的社會。任你有滿懷理想、滿腹經綸，也必須學習做一個乖乖的順民。別以為多讀幾年書、多識幾個字，頂著大學生的頭銜，扛著知識份子的旗幟，想與當權者抗衡。一位看來小小的警員和憲兵，他們卻能在數百位鄉親離船上岸時呼風喚雨，要你排隊站好、要搜你的身、要檢查你的行李、要查扣你的物品，要把你移送法辦簡直是易如反掌。戒嚴、軍管、戰地，讓這個小島失去自由和民主。司令官的一句話，比六法全書裡面的任何一條法律還管用。軍民同唱：「反攻、反攻，反攻大陸去！」，老幼同呼：「蔣總統萬歲、萬歲，萬萬歲！」。發霉的戰備米，黃麴毒素殘存在鄉親的體內發酵，讓鄉親快速地步上死亡的路途。這是一艘航行在金廈海域不沉的戰艦？但願是真實，而不是諷刺。

「森樑哥，書拿回來了。」夏明珠輕輕地把書放在桌上，「沒事了。」

林森樑和罔腰姑仔興奮地站起，母子倆久久說不出一句話。

「阿彌陀佛，阿彌陀佛。」終於罔腰姑仔啓開了金口，雙手合十快速地唸著：「阿彌陀佛，阿彌陀佛，阿彌陀佛。」最後又是一連串的：「佛祖保庇，佛祖保庇，佛祖保庇！」似乎忘了是夏明珠請託來的功勞。

「謝謝妳。」林森樑微微地向她點點頭，而後快速地拆開舊報紙，左手托著書，右手快速地翻了一頁就停下，臉色回復剛才的嚴肅。原來書裡那篇書寫著日期的序文已被撕下了，雖然不影響內文的閱讀，但畢竟已成為一本殘缺不全的書。心中雖有懊惱，但繼而一想，總比被沒收、被叫去問筆錄好多了。一會兒，他又展現出喜悅的歡顏，但也讓他意識到，戒嚴軍管時期社會的黑暗面。

一個撞球場的計分員，憑著她清麗的面貌，透過她的人際關係，竟然能在一夕間化解掉一個複雜而棘手的問題。在戰地，在這個反攻大陸的最前哨，一旦提起情治單位，一旦提起那些專門收集資料、打小報告的情治人員，何止善良的百姓懼怕，政府官員也得禮讓和懼怕他們三分。夏明珠這個小女孩，終究是找對了人，雖然他們的官階不大，但他們卻攜有人人畏懼的權勢。僅「思想有問題」、「言論偏激」這二頂死無對證的大帽子，足可讓你的身心承受生命中難以承受之重；往往進了牢門，還搞不清自己犯了什麼罪。而劉大哥他們是否真的別無所圖，只單純地接受夏明珠的請託來幫這個忙？試想：天下那有白吃的午餐，尤其是這些戒嚴時期的毒蟲和吸血鬼，專搞白色恐怖，惟恐天下不亂，吃定善良的百姓。公理正義已泯滅，他們想伸張的是什麼？圖的又是什麼？或許，只有他們自己知道，只有他們心裡明白。

3

這個小島是封閉的，處處仍然瀰漫著炮火煙硝，雷區和禁地在居民的四週環繞。下海要蚵民證、出港要漁民證，同一個國度不同的省份，往返還要辦出入境證。來往一水之隔的大、小金門，也要村里公所出具證明。一個家庭中攜有許多「證」一並沒有什麼稀奇年關將屆，家家户户忙著辦年貨過新年，駐軍也忙著殺豬宰雞準備加菜；部份戰士則必須留在營區加強戰備，以防敵人乘機來襲。因而，來撞球的人似乎減少了很多，生意也相對地清淡了。吃過晚飯後，林森樑卻主動而從容地邀請夏明珠到「僑聲戲院」看電影；尚是處女心的她，的確有點受寵若驚。雖然，大學生一直是她心中的偶像，大學生活也是她企盼與嚮往的，但畢竟今生已與大學絕了緣。然而，面對著眼前這位很有個性、很少講話的「頭家囝」，初中畢業的夏明珠更不知要如何來應對。從他放寒假回來的這段期間，似乎很少外出，每天在自己的房間裡看書做筆記，不知是真用功？還是所謂的「書呆」和「書蟲」？如果不是這些因素，那便是個性的使然，與前些時那些不愉快的事或許無關。

「去看吧，反正今晚也沒生意。」夏明珠尚在猶豫時，罔腰姑仔適時敲了邊鼓。

夏明珠看了林森樑一眼，巧而她投射的目光，正好在他的眼簾裡。他們相視而不自在地笑笑。

他們相偕地走在靠右的街道上，林森樑只不過高出夏明珠半個頭。然他端正的五官，復加一份年輕的帥氣，緊扣的黑框眼鏡，更顯現出一種非凡的書生氣質。而她清麗的臉龐，高佻的身軀，烏黑的長髮披肩，更有一份脫俗之美。如此的一對青年男女，倘若冠上庸俗的郎才女貌，並非不當，而是恰到好處。

剛過十字街口，夏明珠早已看見同村的秀菊站在受雇的店門口。這下可糟了，她心裡正想著，不知要如何向她解釋才好。

「明珠，妳要到哪裡去呀？」秀菊轉頭看見了她，高聲地喊著說。

「去看電影啦。」夏明珠微微地瞄了身旁的林森樑一眼，而後低聲地說：「妳要不要一起去？」

「要我去當電燈泡？」秀菊指著自己的鼻子，笑著說：「我才不幹！」

夏明珠的臉上，感到有一陣無名的熾熱，這是她第一次和男孩子一起看電影，偏偏讓同村的秀菊碰到。雖然她和林森樑談不上有什麼關係，她之所以接受同來看這場電影，純粹是看在罔腰姑仔的份上，而不好意思拒絕。然而，生長在這個民風純樸的島嶼，年輕男女走在一起，不得不接受異樣眼光的投射，倘若有人想品頭論足，也不得不由人，這就是這個社會唯一的自由和特色。

林森樑倒是落落大方地笑著，一付無所謂的模樣，畢竟他在台灣已足足待了三年，是一個見過世面的大學生。尤其台灣是後方，生活安定，社會開放，許多電影裡的情節正是台灣社會的翻版；到處可見男女手挽手在街上漫步，或在公園裡相偎依。而這個小島是封閉的，處處仍然瀰漫著炮火煙硝，雷區和禁地在居民的四週環繞。下海要蚵民證、出港要漁民證，同一個國度不同的省份，往返還要辦出入境證。來往一水之隔的大、小金門，也要村里公所出具證明。一個家庭中攜有許多「證」並沒有什麼稀奇；一大堆管制物品的名稱，居民均可朗朗上口、如數家珍。在這種體制下生活久了，人民的心似乎也麻痺了；而麻痺成了自然，自然成了習慣，老一輩已無所謂，新生代卻無可奈何。「民防訓練」、「灘頭作業」、「義務勞動」、「自衛戰鬥演習」，形成一個刻板、教條，沒有尊嚴的社會。青年男女正常的交往，或許是看場電影、吃碗冰吧。遠一點的，就靠綠衣郵士來傳遞感情，倘若想談論國家大事，涉及敏感問題，小心，警總的郵檢小組隨時等著你，保防課的大門隨時為君開，軍事看守所是不講情面和人權的。不識相的朋友們：歡迎你們的光臨！一旦進去，想說聲「再見」也難。關於這些瑣碎的家鄉事，林森樑誠然不清楚，總聽人家說過吧。然而，他似乎和其他讀書人一樣，滿腹牢騷，敢怒不敢言，甘心做一個無聲的島民。此次寒假返鄉，發生那些不愉快的事，對一位知識份子來說，不知是恥辱，還是教訓？或許，時間會告訴他們一切的！

他們剛找到座位，莊嚴肅穆的國歌隨即響起，林森樑也隨著音韻低聲地哼著。然而，他的眼角卻不時地輕瞄著右邊的夏明珠，同時聞到一股從她身上散發出來的幽香。這份淡淡的幽香，與一般粉香是截然不同的，它來自一顆純潔的心靈，來自一個少女的心扉。數年來的尋覓，幾天來的觀察，真正能讓他動心的莫非是身旁這位純純的少女。雖然他們的學歷差距著一段距離，但她的思維敏銳，談吐不俗。況且，學歷與賢妻良母並無關連。擁有高學歷的女性，並非個個都是稱職的好主婦；往往一些相夫教子、肯為家庭犧牲奉獻、發揚母愛光輝的女性，非但不必具備高學歷，甚且，還有很多是文盲，她們依然能發揮母性的天職，把兒女撫養成人。雖然他在學校也有要好的女同學，倆人曾經編織過一個美麗而動人的美夢；然而，那個夢卻如過眼雲煙，轉瞬間就失去了蹤影，徒留一縷相思。繼而地又是一個綺麗的夢，那女孩缺少的是少女的純真，以謊言替代溫柔，把男人當凱子、把愛情當遊戲，誤以為金門青年多金又好欺。林森樑嘴哼著、心想著：飄浮在眼前的方是一幅幽雅的景緻，以及一個醉人的美夢，他應當以誠相待、用心去追尋？還是讓這個機會從他的指隙間溜走？林森樑陷入一片迷思。

中間的扶手雖然把他們的身軀隔離，但他的右手肘和她的左手肘，有時卻不經意地碰在一起。林森樑如觸電般地心中暗喜，夏明珠總是很快地把手縮回去，心中似乎沒有林森樑的影子存在著，心海裡更是平靜無波。她聚精會神地注視著銀幕，今天放映的是一部西洋文藝片，她必須依靠字幕始能明瞭其中的劇情。當初並非因自己對該片的喜好而來觀賞，純粹是跟著林森樑這位大哥哥一起來的。在夏明珠眼裡，林森樑是大學生，水準高又懂得洋文，看起洋片不必費神；而她卻是被捉來做伴的，況且，她又是他們家雇用的計分員。試想，一位高學歷、高水準的大學生，會看中她這位卑微的店員？尤其大學裡的校園、校風都是開放的，學生是在一個極端自由的體制下受教；下課後，成雙成對的男女同學總會聚在一起聊天，或在優雅的校園裡談情説愛，讓美麗的校園平添幾許羅曼蒂克的氣氛。憑林森樑帥哥型的外表，功課好、經濟又寬裕，必然會吸引許多女同學的眼光；交個女朋友，或許是輕而易舉的事，無論風水怎麼轉，也不會輪到她這位初中生。因而，夏明珠從未幻想過和林森樑之間會衍生出一份什麼式樣的感情，倘若說有，那便是兄妹之情吧！從他放寒假回來後的這一段時光，她內心裡的感覺的確是如此的。然而，不一樣的時空，往往會改變人的一切，日久生情更是常有的事，誰敢說大學生不能與初中生結成連理，一切端看他們對感情的體認，其他似乎不是問題。倘若說不能，那便是個人對愛的詮釋不盡相同，對感情心存疑惑，以及命運的多舛。

看完這場電影，夏明珠的腦海裡依然是空洞的一片。對於片中的角色，似乎也尾隨著散場的人群，消失在漆黑的戲院裡，沒有一點印象。反而是林森樑，他卻能從片中領悟到幸福的真諦，以及男女主角熟練而精湛的演技。進場時有純情的夏明珠陪伴，散場時有動人的情節在腦裡迴盪，掛在他唇角的那份笑靨久久依然沒有消失。或許，今晚是他放寒假回來後最美的一個夜晚，他不僅陶醉在動人的電影情節裡，更沉醉在夏明珠淡淡的髮香裡。倘若兩人能在這幽靜的街道上漫步，那該多好；只是戒嚴宵禁的時間快到了，武裝的憲警已上路，不一會就有刺耳的哨音響起，如果不想惹事生非，不想被羅織一個莫須有的罪名，快快回家絕對是上策。

別忘了，這是一個晝夜分明的社會，一盞盞的照明燈，盞盞都要套上紅黑雙層的燈罩；惟恐燈光外洩，讓對岸發覺到可襲擊的目標。然而，可能嗎？一間深二十公尺的商店，外又有三公尺的騎樓，更不是什麼軍事重地或碉堡要塞，任憑敵人有千里眼，他們依然會有軍事上的考量，亦會有重要性與選擇性的攻擊目標，難道還會像八二三炮戰時那麼瘋狂又胡亂地掃射？當權者何曾未想過這些粗淺的作戰要領，如果不這樣來劃分，或許就不能凸顯出戰地特有的色彩，隱姓化名的司令官，又怎能坐擁擎天山寨，當上這個島嶼的寨主。純樸善良的島民，一接到鄉長的通知，就彷彿接到聖旨般地遵循，只差沒有下跪接旨而已；誰敢抗命，誰敢不從，除非有皇親國戚做後盾，除非復古燃起那盞微弱的「土油燈仔」，要不，就乖乖地做一個戰地政務體制下的順民吧。願蒼天賜福於生長在這塊島嶼的人們，阿彌陀佛。

4

這些「英勇的三軍將士」他們的水準也參差不齊，
固然有許多學有專精的優秀青年，
亦有開口「幹」、閉口「幹」的大老粗，
老一輩的阿嬤叫他們「台灣豬」。
還有一些是吹牛不犯法的「蓋仙」，
他們抓住純樸善良又沒有出過遠門的少女的弱點，
把她們要得團團轉，騙取她們的感情；
甚至還有無知的少女被騙失身。

在所有的民俗節慶中，過年是比較隆重的。居民加上駐守的十萬大軍，把這個孤單的小島炒得熱鬧滾滾；尤其是正月初一的那天，防衛部在金門中學運動場舉辦民俗遊藝表演競賽，分甲、乙兩組舉行。金東、金西、南雄、金中、烈嶼等五個師列為甲組。海指部、空指部、炮指部、後指部、防炮團列為乙組。各參加單位莫不使出渾身解數，爭取最高榮譽。除了舞龍、醒獅、踩高蹺、划旱船外，還有武術和儀隊的表演，看熱鬧的觀眾把整個運動場擠得水洩不通。表演結束後，他們會轉到各駐守的鄉鎮或村莊，向商家或住民拜年，往往受拜者也會依習俗送上一個紅包向他們致謝，這也是軍民在這個島上同舟共濟、水乳交融，軍愛民、民敬軍的最好寫照。

夏明珠回家和父母團圓吃過年夜飯後，第二天一早又匆匆回到罔腰姑仔的店裡。她知道每逢駐軍放假，打打撞球、看場電影是他們唯一的消遣，過年這段時間，放假的人多，生意一定會更好。雖然她沒有放假，但罔腰姑仔並沒有虧待她，除了一個三百六的大紅包外，又買了一件新款式的短大衣送給她，並承諾要讓她補假。夏明珠的勤奮乖巧以及善解人意，的確讓罔腰姑仔疼愛有加。林森櫟頻頻地向她獻殷勤，吃飯時幫她夾菜，打烊時幫她刷球檯、排球桿；兩人時而低聲細語，時而有說有笑，儼若是一對戀人，她全都看在眼裡，只是裝著不知情而已。如果不是學歷和年齡的差距，兩人倒是滿相配的，罔腰姑仔雖然有如此的思維，但她繼而地一想，女人只要賢慧就好，況且她還是初中生，絕對不是一隻「青瞑牛」；男大女小原也是很正常的事，她為什麼還要操這個心。一旦娶回一個高學歷的千金小姐，還真不好侍候呢；到時不僅要幫她煮飯，甚且還要幫她洗衣！婆婆變下女，是她難以接受的。如果能娶到夏明珠這樣的女孩做她的兒媳婦，那是再好不過了。但這似乎言之過早，森櫟還要一年半才畢業，工作、事業尚無著落；明珠是否會繼續留在她的店裡工作，一切都是未知數，未來的變化實在很大，屆時再坦然來面對吧。

初一晚上，罔腰姑仔要夏明珠提早打烊。她並沒有把年夜飯的剩菜重新熱鍋，而是另行煮了好幾道佳餚，只因為夏明珠昨晚回家吃團圓飯，沒有在店裡過年。少了夏明珠，母子倆像少了什麼似的，匆匆吃完年夜飯也就各自回房休息；今天夏明珠回來了，彷彿才是他們過新年的開始。夏明珠今兒一早，就穿上罔腰姑仔送給她的那件棗紅色的短大衣。白色的高領毛衣緊緊地裹著她那豐滿的身軀，黑色的喇叭褲、足登的是半高跟鞋，微曲的髮絲，似乎是不久之前才燙過，雙頰抹上一層淡淡的胭紅，更顯現出肌膚的白皙。林森樑偷偷地看了她好幾眼、好幾眼，一個美好的影像也同時深植在他的內心裡。雖然與她相識僅只這短短的二、三十天，但朝夕的相處、坦誠的交談，已縮短了他們之間的距離，消除了他們之間的隔閡，相信他們的感情也會與日俱增。

雖然年後他將赴台繼續升學，然而他將藉著書信的往返，來傾訴對她的思慕之情，增加彼此之間的瞭解。唯一讓他感到不安的是：一個十八歲的純情少女，她是否禁得住這個社會的迷惑和考驗？尤其她身處在一個特種行業的環境裡，每天進出的客人複雜，營業的對象大部份都是一些在島上服役的充員戰士，他們來自台灣的各縣市，從訓練中心結訓後分發到這個島嶼；他們戲稱是中了「金馬獎」，除了部隊移防外，陸軍必須服役二年，海、空軍則須三年始能退伍返台。這個與廈門僅一水之隔的小島，被定位是「前線」，它的任務特殊，其中最主要的一個就是——反攻大陸。因而它的紀律嚴格，任務繁瑣，從「海防班哨」到「反空降堡」，必須二十四小時輪值和監視。打坑道、挖壕溝、築碉堡，把一些公子哥兒鍛練成一個鋼鐵般的革命軍人。相對地，在生活和精神方面卻是枯燥乏味的軍旅生涯。因而，每當任務完成或假日，總是迫不急待地往城鎮裡跑。看場電影、打桿撞球，或到特約茶室去紓解、去發洩一下壓抑已久的性慾。當然，這些「英勇的三軍將士」他們的水準也參差不齊，固然有許多學有專精的優秀青年，亦有開口「幹」、閉口「幹」的大老粗，老一輩的阿嬤叫他們「台灣豬」。還有一些是吹牛不犯法的「蓋仙」，他們抓住純樸善良又沒有出過遠門的少女的弱點，把她們耍得團團轉，騙取她們的感情；甚至還有無知的少女被騙失身。這些保衛金馬的英勇戰士，雖然帶給島上繁榮，但也為這個樸實的島嶼製造不少紛擾，留下不少污點。林森樑的憂心，並非沒有理由，但一切得看夏明珠的應變。

三人圍在一張方型的餐桌上，桌上擺滿著罔腰姑仔親自烹飪的佳餚。城鎮和鄉村，富裕和貧窮往往不能取得一個平衡點。一盤紅燒蹄膀、一條清蒸黃魚，讓夏明珠想起貧窮的家境，想起母親的蒜仔炒米血以及筍干焢豬頭骨。罔腰姑仔嘴裡輕嚐的是益壽酒，而父親口中喝的是米酒頭仔。夏明珠想著、想著，情不自禁地悲從心中來，但她還是強忍了下來，新年是不能流淚的，她自己安慰著。

「來，明珠。」罔腰姑仔夾了一隻雞腿，放在她的碗裡說：「這隻雞腿給妳。」

「謝謝您，阿姑。」夏明珠重新把雞腿夾起，對著林森樑說：「給森樑哥吃吧。」

「我有。」林森樑拿起碗，在夏明珠的眼前晃了一下說。

「妳用不著客氣，」罔腰姑仔啜了小小的一口酒，而後幽幽地說：「今天雖然是初一，但吃的好像是年夜飯一樣。光我們母子二人實在太單調了，三個人圍在一起，才像是一個完美的家。桌上的菜都是新煮的，不是昨晚的剩菜，只要對妳的胃口，就儘管吃吧。」

「阿姑，您知道，我生長在一個貧困的農家，平日是粗茶淡飯，年節才能吃到一些價格較低廉的豬頭肉或五花肉，以及一些較不新鮮的次級魚類；像今晚這麼豐盛的晚餐，不怕您見笑，它是我生平第一次吃到。」夏明珠坦誠地說。

「只要妳喜歡，就把它當成是妳自己的家吧。」罔腰姑仔說。

「您和森樑哥都對我那麼好。阿姑，這點恩情我會永遠記住的。」

「不要說這些客氣話。」罔腰姑仔搖搖手說：「人是有感情的，大家能相處在一起，也是佛家所謂的緣分，彼此都要珍惜。」

夏明珠含笑地點點頭。

林森櫟夾了一塊肉，悄悄地放進她的碗裡。夏明珠深情地看了他一眼，那眼裡閃爍的是一道純情少女的光芒。而無情的時光已從炮竹的餘聲中偷偷地溜走，留下一個新的未來在人間。不管它能幻化出什麼，悲也好、喜也罷，人們始終無法與它相抗衡，只能默默地承受和面對。倘若不屈服，一昧地想突破它的關卡，向無形的命運挑戰，最後傷重的，必然是自己。

5

原來人與人之間的互動，
均脫離不了現實生活裡的利害關係，
儼若是商場上的交易，講的是投資報酬率。
然而他們「明」的羞於啟口，「暗」的卻什麼都要
表面看來是一個堂堂正正的革命軍官，
暗地裡則如同是一條吸血蟲。
如此的偽君子，必將被這個社會唾棄。

過完年，旅台的鄉親以及在台求學的莘莘學子，又得搭船趕回工作崗位或準備開學。年後的第一航次往往是一位難求，如果能搭上有「開口笑」之稱的登陸艇已算幸運啦，還想搭「太武輪」？！這是一般無權無勢的小百姓的想法。太武輪顧名思義搭載的是軍人，以及少數戰地政務委員會屬下的公教員工。然而，船上怎麼會有漂亮的小姐在走動？她的行李就在「孝」艙裡。那是「校」級軍官的艙位，不但有單人的床鋪，時而有服務人員遞茶送水；三餐時辰一到，還有早點和飯菜，原來她是副司令官的乾女兒，名叫楊貴妃。而那位妝扮得妖嬌美艷的小婦人又是誰呢？據說在眾人之前是副主任的乾女兒，私下卻是乾妹妹，她的名字叫潘金蓮。當然，船上還有李瓶兒，蘇小妹：等等之流的名女人，她們靠的是什麼關係，鄉親們心知肚明。但港警所的員警誰敢阻擋她們上船；安管中心那些搞保防、搞反情報的人員，誰膽敢去調查她們？當然，有了她們來相伴，讓航行在大海裡的太武輪永不寂寞，讓船上的海軍弟兄永不孤單。而一些婦孺老弱，用幾張舊報紙鋪在登陸艇的底艙或甲板，歷經二十餘個小時的海上顛簸，忍受著暈船與饑餓的雙重折磨，有誰會去憐憫、關懷她們呢？幸好，認命的鄉親都能自求多福，從不怨天尤人，只因為搭船不必付費，哪有權利再計較，無論再怎麼地辛苦，也必須忍受和接受。

林森樑靠著夏明珠和副組長的關係，也拿到一張太武輪「愛」艙的船票。罔腰姑仔興奮的程度遠遠勝過林森樑，她不斷地向左鄰右舍炫耀自己的兒子坐上了太武輪，相對地也引來許多羨慕的眼光——這是用錢買不到的殊榮。然而，他們也知道，這是權勢與顏面之間的較量，所有受益者的光環必須依靠它來照耀，只因為權勢已凌駕了一切。而罔腰姑仔是否想過：副組長果真是誠心誠意幫林森樑排船位、找船票？還是基於其他因素？她真的是茫然不知；只知道這條街，除了她的孩子外，沒有人能夠坐上太武輪。「副組長人真好」，從頭到尾罔腰姑仔腦中想的，似乎沒有別的，只有這句簡簡單單的話。一個人的好壞，似乎很難從外表上來判定。什麼人是好人？什麼人又是壞人？往往也會憑藉著個人主觀的意識來認定。副組長因打撞球而認識了純情的夏明珠，時間久了兩人也以乾兄妹來相稱。自從幫林森樑取回那本《中國哲學史》後，他們好幾次來打球，夏明珠都擅自做主，沒有收取他們的撞球錢；當然，罔腰姑仔也從未計較，充分尊重夏明珠的決定。副組長他們是否因此而銘記在心，那也不盡然，有一次李上尉還當著夏明珠的面說：

「小妹，不是我說大話，也不是向妳吹牛。不管我們到阿美、阿娥、阿秀、阿雪、或阿香家打球，她們都不會收我們的錢。」

「真的？」夏明珠訝異地問。

「不信，妳可以去打聽、打聽。」

夏明珠半信半疑地沒有再問其因，當然也沒有立即去探個究竟，至到有一天她問了同村的秀菊，才解開了謎題。

「妳是說穿便衣，經常在街上閒逛的那些人？」秀菊問。

「不錯，就是情報隊的那些人。」夏明珠說。

「那些人一個個高高在上，神氣的模樣讓人噁心。」秀菊激動地說：「打球不給現錢要賒欠；久了就裝迷糊，不認帳！老闆還誤以為我們揩油呢。」

「他們很吃得開耶。」夏明珠緩緩地說：「森櫟哥寒假回來時，出了一點小麻煩，副組長很快就把事情擺平了。」

「這些人吃肉又吸血，少跟他們套交情、打交道，絕對錯不了！」秀菊依然氣憤地說。

夏明珠並沒有把這些話告訴罔腰姑仔，也沒把它當一回事，始終認為秀菊的言詞太激烈了一點，似乎對他們懷著很深的成見，夏明珠並沒有問明詳情。心想：自從認識他們後，每次撞完球，他們都搶著要付費，從未欠過帳，更沒有像秀菊所說的吃肉又吸血那種情事；偶而的也只是開些無傷大雅的玩笑。然而她突然間想起，秀菊在外面已工作了好幾年，無論社會經驗和觀察能力，樣樣都比她強，或許她曾經吃過他們的虧？抑或是有充分的理由，可佐證他們不為人知的醜陋面？李上尉為什麼又要告訴她，別家撞球場不收他們的撞球錢呢？難道是在暗示什麼？還是要討回那些剛施放出來的人情？夏明珠內心裡不禁萌起了許多疑問。

正月初九的那天，罔腰姑仔敬好了「天公祖」，隨即就把那隻大公雞剁去頭腳，斬成四大塊，加了一些當歸之類的中藥燉了一鍋。心想：夏明珠正值青春期，需要更多的營養來增強她的體能，將來一旦成了她的兒媳婦，好為她多添幾個白白胖胖的小孫子。慢火燉了好一會兒，當歸的香味溢滿著整個房間，莫不讓人垂涎三尺。臨近中午，李上尉一夥人來了四位，副組長並不在列，罔腰姑仔正好在店裡走動著。

「阿姑，」李上尉笑嘻嘻地對著罔腰姑仔說：「燉什麼呀？好香唷。是不是要請客啊？」

「燉的是雞，」罔腰姑仔禮貌而客氣地說：「馬上好了，你們就留下來吃吧。」

「我們四個人呢，」李上尉瞄了其他人一眼，接著說：「妳燉多少呀，夠我們吃嗎？」

「一大鍋，」罔腰姑仔用手比劃著，以為他們在開玩笑，不在意地說：「夠吃啦。」

站在一旁的夏明珠，並沒有出聲，只微微地抿著嘴，露出一絲怡人的笑靨。然而她再怎麼思、怎麼想，依然料想不到他們真的留下來。四人斯斯文文地均分了整隻雞，又把罔腰姑仔捨不得喝的半瓶益壽酒也喝得精光，為她們留下的是一個雞頭、一副雞爪，以及少許的內臟和湯。幸好這些食客都不是她邀請的，倘若是她的一番客氣話而形成如此的局面，那不知要怎麼辦才好。罔腰姑仔睜睜地看到如此的景象，內心雖有不悅和不捨，但也無可奈何。實際上他們也幫過不少忙，用這隻拜過天公祖的雞來請請他們，也只是順水人情，吃完也就算了，以後再找機會另外買一隻，燉給明珠進進補吧。

吃完雞又打了好幾桿撞球，臨走時直誇罔腰姑仔燉的雞好吃。但他們不知是忘了，還是故意不付球錢，夏明珠似乎也不好意思開口，或伸手向他們要，任由他們從容地走出店門。罔腰姑仔看看夏明珠，兩人無語地苦笑著，這份人情不知要什麼時候才能還清？今天請的只是他們一夥的部份，副組長才是幫助她們最力的一個人，而他卻沒有吃到罔腰姑仔燉的雞，最近也很少來撞球。罔腰姑仔曾經想過，要打聽打聽看看他什麼時候回台灣休假，準備送他兩瓶高粱酒略表感謝之意，以便將來有求於他。

往往，人的思維會有出其不意的感應，副組長請人帶話來，他將於後天返台休假，請罔腰姑仔就近幫他買二條黃魚，六瓶玻璃大麴酒，四瓶益壽酒，錢待他休假回來再算。罔腰姑仔得到這個訊息，趕緊交待市場的魚販，無論價錢多少，一定要幫她留二條新鮮的黃魚。至於大麴酒和益壽酒處處都可以買得到，她還另備了兩瓶高粱酒要送給他。

那天一早，副組長坐著吉普車親自來了，夏明珠見了他，趕緊跑出去為他開啓車門。

「劉大哥，好久不見了。」夏明珠笑咪咪地說。

「小妹，好久不見了，妳好嗎？」副組長下了車，輕輕地拍拍夏明珠的肩膀，微低著頭說：「請阿姑幫我買的黃魚和酒，不知買了沒有？」

「全部買到了。」夏明珠邊走邊說：「阿姑也裝好了箱，等你來拿呢。」

他們進了屋，罔腰姑仔也快速地迎了出來。

「麻煩妳了，阿姑。」副組長含笑地說：「多少錢休假回來再跟妳算。」

「沒關係，沒關係。」罔腰姑仔搖搖手笑著說：「你幫了我們很多大忙，這點小事算不了什麼啦！裡面有二瓶高粱酒是另外送給你的。」

「阿姑，妳不要那麼客氣嘛。」副組長看看地上的紙箱，而後頓了一下，對著罔腰姑仔說：「在台灣有沒有需要我效勞的地方？」

「沒有、沒有。」罔腰姑仔快速地搖著手說。

「小妹，妳呢？」副組長又朝向夏明珠。

「謝謝你，劉大哥，沒什麼事啦。」

夏明珠提了一個較輕的紙箱，駕駛協助她放在吉普車的後座。裡面推放著大大小小，好幾包的行李，似乎不像是休假，而是調差和移防。但又有誰能管到這些呢，軍中的事不是她們所能明瞭的。是休假、是調差、是移防，她們也沒有懷疑的權利。

副組長的身影隨著時光走遠了，十天的假期也過去了，但依然見不到他休假回來的蹤跡。竟連那夥人，也很少在罔腰姑仔的撞球場裡出現。經過打聽，原來副組長輪調了，調到二軍團政四科當參謀。聽到這個消息，她們內心裡難免會有些兒懊惱和生氣，夏明珠更有一份難以釋懷的愧疚。一切的禍端均始於她，倘若沒有和他們認什麼乾哥乾妹，以及不求助於他們，絕對不會發生這種被騙的糗事。原來人與人之間的互動，均脱離不了現實生活裡的利害關係，儼若是商場上的交易，講的是投資報酬率。然而他們「明」的羞於啓口，「暗」的卻什麼都要，表面看來是一個堂堂正正的革命軍官，暗地裡則如同是一條吸血蟲。如此的偽君子，必將被這個社會唾棄。

「這些人吃肉又吸血，少跟他們套交情、打交道，絕對錯不了！」秀菊的一番話不停地在夏明珠的腦裡迴盪著，迴盪著……。

6

有守土之責，未奉令擅自棄守者，處死刑。

臨陣退卻或託故不進者，處死刑。

敵前背叛逃亡者，處死刑。

反抗命令或不聽指揮者，處死刑。

：：：處死刑。：：：處死刑。

許許多多的軍律，條條通往死刑的路途，

把純樸善良的島民們壓得喘不過氣來

一年一度的自衛隊訓練又開始了。夏明珠回到户籍所在地的村公所，領了槍、鋼盔和Ｓ腰帶，穿自衛隊的制服到守備區指定的地方參加集訓。

「自衛隊」的前身是「民防隊」，在戰時它除了要支援國軍作戰外，平時則擔負著保家衛鄉的重責大任。因此對於年度自衛部隊的訓練，它的要求不僅嚴格也倍加慎重。倘若有不聽指揮，不服管教，違抗命令者，必將移送軍法究辦。移送者絕不跟你囉嗦，亦不跟你多講理由；被移送者絕對沒有理由可講，更無管道可供申訴，只有乖乖地接受和承受軍法大刑的伺候。因為這個島域是戰地，是「反攻大陸」的最前線，它擔負的是一個神聖的歷史任務，這個任務猶如青蒼翠綠的祖國河山，美麗、莊嚴！

自衛隊訓練業務雖然由「自衛總隊部」承辦，但實際上則委由駐守在各鄉鎮的守備區指揮部來主辦。所有授課教官或助教，均由守備區遴選調派；訓練期間採軍事化管理，一切講的是服從，因為服從是革命軍人最大的天職。以前必須自備午餐，此時卻蒙受蔣總統的「恩賜」，每天發了一個便當，除了填飽飢餓的肚皮，也讓全體受訓的隊員感受到政府的「恩澤」，更增強了反攻大陸的「決心」。因而，全體隊員都更加賣力地學習，教官也適時搬出了《教戰總則》來闡述訓練的要旨，他說：「訓練乃戰力之泉源，戰勝之憑藉，全體隊員應本良知血性，自覺自動，從事訓練，期成勁旅。部隊訓練以準則為依據，以練力、練技、練膽、練心、練指揮為要著，務期求實求精，從嚴從難，以建立部隊訓練之優良傳統；培養勇猛頑強之戰鬥作風。尤須針對敵情，摹擬實戰，以實人、實物、實時、實地、實情、實作，採對抗方式勤訓苦練，而達超敵勝敵之目標。」教官所說的，幾乎與訓練期間排列的課程表大同小異。唯一的差別是男隊員著重於作戰實務的演練，女隊員則偏重於救護的操作，其他如政治課、軍法常識、射擊以及基本動作，男女都必須參與，而且排列的時數也不少。

在政治課上，教官說：「敵人講仇恨，我們講仁愛；因為仁愛可以勝仇恨。敵人講分化，我們講團結；因為團結可以勝分化。敵人講欺詐，我們講誠實；因為誠實可以勝欺詐。敵人講滲透，我們講調查；因為調查可以勝滲透。敵人講鬥爭，我們講互助；因為互助可以勝鬥爭。」教官年年做如此的詮釋，實際上能默記下來的隊員並不多，倒是在軍法常識裡，那一條條軍律讓人膽顫心驚：「有守土之責，未奉令擅自棄守者，處死刑。臨陣退卻或託故不進者，處死刑。敵前背叛逃亡者，處死刑。反抗命令或不聽指揮者，處死刑……處死刑……處死刑。」許許多多的軍律，條條通往死刑的路途，把純樸善良的島民們壓得喘不過氣來。因為他們始終沒有忘記，他們的家鄉就是戰地，稍有不慎，那些毫無人性的軍律，條條都是他們的致命符。

夏明珠高佻的身軀，依隊伍的排列往往都在前頭。雖然她只有初中畢業，然她學習認真，領悟力又強；在課堂上，教官若提出問題，經常自告奮勇站起來答覆，加上她清純又娟秀的面龐，格外引人注目。實際上在這個隊伍中，唸過小學的佔多數，甚且還有幾位是目不識丁的文盲，也因此更凸顯出她的不凡。在「救護」這個課程裡，無論是止血、繃帶包紮、三角巾使用、按上夾板以及心肺復甦等等，她不僅專心聆聽，動作也熟練，對教官更是謙虛有禮。因而擔任授課的少尉醫官王國輝對她是另眼相看、讚揚有加，印象也特別地深刻。

王國輝今年剛從醫學院畢業，經過短期的軍事訓練後，就中了「金馬獎」，被分發來到這個島嶼，在守備區的醫務所擔任少尉醫官。他的長相斯文，談吐優雅，學有專精，每堂課的講述都有豐富的內容。能與這些戰地兒女們在一起討論簡易的急救課題，他的內心充滿著難以言喻的喜悅。然而，又有誰能洞察到他的內心想的是什麼？自從離家來到這個小島後，他迄今仍然感到難以適應。尤其軍中生活既單調又苦悶，日子過得枯燥乏味，預官的役期雖然只有一年，但他卻有度日如年的感覺。當他看見夏明珠時，深深被她那清純脫俗的影像吸引住。想不到在這個孤單的小島上，竟然有如此清麗貌美的佳人。近乎七年的學生生涯，他所見到的似乎僅是一些庸俗的角色。任她們的學歷再高，任她們的家境再好，任她們化上再艷麗的粧，抹上再高貴的粉，依然不能與她相媲美。或許，這只是他此時的幻想、無聊時的想法，他那位端莊婉約又秀麗的女朋友，正等待著他退伍後一起出國留學呢。在心靈空虛的時候，在孤單寂寞的時候，倘若能找到一個臨時的伴侶，或是一個閒暇時談心的朋友也是不錯的，至少在這漫長的軍旅生涯裡，能暫時紓解一下被壓抑的情緒。王國輝想著，想著：為什麼一個受過高等教育的醫科畢業生，也是未來懸壺濟世的醫生，竟然會有如此的思維？於是他低落的情緒不斷地往下沉，沉向一個不齒又矛盾的世界，沉向一個無恥又下賤的深淵裡。

人，有時是不可思議的。當他的內心感到最苦悶的時刻，往往會有異於常態的思維和想法。下課後，王國輝腋下夾著一本講義，竟然主動地走到夏明珠的身旁。

「教官好。」夏明珠看見他，禮貌地向他點點頭說。這似乎是很自然的舉動，她並沒有刻意地迴避。

「夏小姐好。」王國輝臉上滿佈著燦爛的笑靨，點著頭說：「妳對救護這堂課，學習得很有心得。無論綳帶的包紮、三角巾的使用，不但方法正確，動作也很嫻熟。有妳這位那麼優秀的學員，我實在很高興。」

「謝謝教官的誇獎。」夏明珠說著，雙頰浮起一絲熾熱的微紅。

「家住那裡？」王國輝問。

「幹訓班就在我們村莊裡。」夏明珠簡潔地答。

「原來是臨海的那個村莊呀，」王國輝興奮地說：「剛來時曾經在那裡受過二星期的訓。村莊雖小環境卻很好。雜貨店的老闆娘叫阿麗，對不對？我們經常到她店裡買東西。」

「不錯、不錯，就是那個村莊。」夏明珠高興地說，彷彿是遇見了知己。

「奇怪，我在那裡住了二個禮拜，怎麼沒見過妳？」

「我在新市工作，很少回家。」

「難怪喔，」王國輝放低了聲音，沈默了一會說：「妳的氣質跟她們不一樣。」

「沒差啦，都是鄉下人。」夏明珠謙虛地說。

「一個人的外表和氣質是假不了的。」王國輝鄭重地說，繼而地又問：「做什麼工作呢？」

「在撞球店當計分員。」夏明珠坦誠地說。這不僅是她的工作，亦是她的職業，並沒有什麼好掩飾的。

王國輝沈默了久久，心裡想著：好一個標緻的女孩，竟然在彈子房工作。常在這種場所進出的，多半是一些形形色色、三教九流的不良份子。所謂近朱者赤，近墨者黑，她是否能保有那份清純？猶如這片沒有被污染過的土地一樣潔白。

「有空來玩。」夏明珠笑笑，露出一口潔白的牙齒，很誠懇地說。

而就在此刻，上課的哨音正好響起，也暫時中斷了他們的談話聲。這堂課不再是救護，而是男女學員混合的課程，由作戰官擔綱，講解軍人在營的一些基本觀念，以及行動規範、奉行事項和戰備規定。其中讓學員印象最深刻的莫過於是「步哨守則歌」，作戰官以宏亮的聲音、感性的言詞，除了一句句講解，作最完美的詮釋外，並要隊員一遍遍跟著唸：「哨兵手中不離槍，兩眼凝神望敵方，不准閒談不准坐，不准吸煙不准臥，長官來時不敬禮，監視敵方最要緊，長官若要問何事，面向敵方回答之，敵持白旗從外來，令他停止步哨外，令他放下手中槍，令他轉面向敵方，一人向他作監視，一人迅即報長官，夜間有人從外來，預備射姿問是誰，若問三聲還不答，立即開槍射殺之，友軍人員歸還時，先令停止步哨外，連絡記號求辨證，檢查清楚始准進，發現敵人隔得遠，迅速鳴槍作報告，警戒應戰要機警，儘量遲滯敵前進，撤退路線要隱匿，適時歸還抵抗線。」這堂課雖然上得很輕鬆，但始終沒有人能把這首歌默唸出來。這些守則句句都隱含著防敵滅敵的要領，是一位哨兵所不能忽略的。一到戰時，自衛隊必須支援國軍作戰，所有任務均須與正規部隊嚴密配合，沒有一項能倖免。站哨看來簡單，但要成為一個優秀的哨兵，如果不遵循這些守則，不貫徹始終，淪落成一個僅能嚇唬小鳥的稻草人，勢必失去它的意義，更對不起當初研擬這套守則的參謀們。然而，列位參加集訓的隊員他們是否有如此的思維？倒也不盡然。下午五點下課後，他們的晚餐在哪裡？家中大小老幼的生活費在哪裡？緊閉的店門、失鮮的魚肉、腐爛的蔬果，如何能把顧客引進？山上的牛羊正等待主人來餵食，田裡的作物正等待播種者來灌溉。商家的苦、農家的痛，婦人的怨、孩子的淚，又有誰會來憐憫他們呢？儘管如此，他們依然得高聲呼喚著：「蔣總統萬歲！萬歲！萬萬歲！」

7

如果有機會，她是多麼地想到台灣看看呀！

雖然此時身處在一個不一樣的地方，

處處設限和管制，申請出入境證並非易事，

它的理由既荒謬又牽強。

有錢有勢的社會人士，一年出入好幾次，

小百姓卻任由他們刁難。

這是一個不完美的社會，

這是一個急待改革的社會！

青年節是國定紀念日。小島上的軍、公、教，以及學生都援例放假一天。來往新市的公車班班客滿，計程車也沒得閒；窄小的街道萬頭鑽動，電影院的售票口排著長龍，大部分都是穿著草綠軍服的阿兵哥，帶給這個小城鎮無數的商機和熱絡的景象。人群裡有一位戴著眼鏡，俊逸又帥氣的青年軍官，正東張西望地尋找著撞球店。他並非來撞球尋樂或消磨時間，而是來尋找一個美麗的身影。為了保持男性以及軍官的尊嚴，他並沒有挨家挨户、鬼頭鬼腦地探望著。只以無所為而為的輕鬆腳步，踏進一家家的撞球店，觀望球客們的球技，順勢尋覓著他欲找尋的影像。

然而，他基於什麼理由呢？或許「無聊」和「玩玩」是他最好的詮釋。而無聊最好的療效是什麼？或許是找異性聊天，從異性身上得到慰藉和溫暖，便能填滿內心的空虛，排除身心的寂寞。尤其身處在這個小島上，他的家人、他的親戚、他的朋友，當然也包括他的女朋友在內，誰會知道陪他玩樂的是一位彈子房裡的小姐。逢場演演戲、在戰地留留情，玩玩島上的姑娘，是一件多麼浪漫的事啊！反正一年的役期很快就屆滿，一旦退伍後隨即出國留學，誰能找到他，誰能奈何了他；不玩白不玩，玩了白玩，沒人會知道的。這是一位未來醫生孤處在戰地，忍受不了枯燥、寂寞的軍旅生涯，產生的幼稚而不智的想法。

「夏小姐。」終於他在一間不起眼的撞球店裡看見了她。

「王教官，」夏明珠手中拿著粉筆，從座位上站了起來，興奮地說：

「今天放假啊，請坐。」

「謝謝妳。」王國輝微微地向她點點頭說：「今天客人很多，妳忙吧，改天再來拜訪妳。」

「真不好意思。」夏明珠看了看週遭，的確擠滿了球客與觀眾，如此的場面，實在也不是談話的好地點、好時機。於是她接著說：「反正你已經知道地方了，有空常來玩。」

「會的。」王國輝輕輕地向她揮揮手，低聲地說：「再見！」而後緩緩地移動著腳步。

「再見。」夏明珠含情脈脈地看了他一眼，微揮著手說。

目送王國輝的背影消失在她的眼簾裡，夏明珠恨不得把店裡的客人全部趕出去。她心裡想，來那麼多人幹什麼，害她和王國輝講不到三句話。然而她也相信，王國輝一定會再來的，因為她已看出，他眼裡閃爍的，似乎有一絲微妙的光芒。從外表看來，他與森樑哥是二個不同典型的人。雖然對他瞭解不深，對他的家庭背景不熟，但從他能唸完醫科來看，家中的經濟一定不惡，本身勢必也是一個聰穎優秀的現代青年；她何其有幸，能交到一位未來的醫生朋友。對於這份友誼，她絕對不輕易放棄，甚且還要主動去追尋，就彷彿是追尋一個心靈上的伴侶一樣。她知道，森樑哥對她的愛意明朗，三、二天一封信，裡面充滿著甜言蜜語，隱藏著無數的情意。

但人有時則必須做一番比較，並非她用情不專，並非她朝三暮四，她已達到法定年齡，亦有自由選擇朋友的權利。台灣，這個美麗的寶島，一直是她嚮往的地方。它的進步和繁華有目共睹，豐富的物產、便捷的交通，開放的社會、良好的治安，讓它成為亞洲最富裕的國家之一。如果有機會，她是多麼地想到台灣看看呀！雖然此時身處在一個不一樣的地方，處處設限和管制，申請出入境證並非易事，它的理由既荒謬又牽強。有錢有勢的社會人士，一年出入好幾次，小百姓卻任由他們刁難。這是一個不完美的社會，這是一個急待改革的社會！不知何時何日，始能攜有自由身？

王國輝再次出現在夏明珠的眼前，是在一個雨天的午後。原來他是到防衛部洽公而路過這裡。罔腰姑仔午睡未醒，店內只有夏明珠一人，正無聊地翻閱著一本舊雜誌。

「夏小姐。」王國輝站在門檻外，跺跺腳上的泥濘，順手取下軍帽，用力甩了一下帽上的雨水，興奮地叫著。

「王教官，是你。」夏明珠笑咪咪地迎了出來說：「下那麼大的雨，你到哪裡去啦？」

「專程來看妳啊！」王國輝笑著，撒了一個甜蜜的謊。

「真的？」夏明珠訝異地看了他一眼，而後比了一個手勢說：「請坐，我給你倒茶去。」

「不用麻煩，坐一會就走，我得趕三點半的公車回部隊。」他搖搖手說，順勢坐在記分牌旁的一張長椅上。

夏明珠不再堅持，在她原來的椅上坐了下來。

「夏小姐：：」

「不，」沒待他說下去，她搶著說：「叫我明珠。」

「好，妳也不能叫我王教官。」

他們相視地笑笑。

「最近忙嗎？」王國輝問。

「還好啦。」夏明珠有些兒無奈地說：「就是不能離開。」

「如果有機會的話，妳可以考慮轉換一下工作環境。」他關心地說。

「為什麼？」她不解地問。

「妳不覺得這裡的環境稍微複雜了點。」王國輝坦誠地說：「依妳的氣質和美貌，若想換一份工作，相信是不會太難的。」

「曾經有人要介給我到百貨店工作，但我沒答應，因為阿姑待我實在太好了；我不能那麼無情無意，說走就走。」

「有時似乎也不能顧慮到那麼多。水往低處流，人往高處爬，這是很正常的事。」王國輝深情地目視著她，又繼續地說：「坦白說，妳長得那麼美，那麼有人緣，將來物色的對象，必也是層次較高的男人。一旦人家知道他的女朋友在彈子房工作，那是一件多麼不體面的事啊！倘若有一天我們在一起，試想一個軍官他能經常泡在這種場所嗎？尤其滿屋子擠滿著一些雜七雜八的人，想和妳講幾句話都困難，遑論能說什麼內心話。」

「說來也是。」夏明珠沉思了一會，略有同感地說：「以前我倒沒有想過這些問題，當初我的爸媽也是反對我在這種地方工作。經過你今天的提醒，讓我領悟到很多，以後如果有機會，我會考慮的。」

「明珠，妳的善解人意讓我十分感動，希望我們會成為一對要好的朋友。」

「但願如此，希望你不要嫌棄。」

「能夠在這個小島上認識妳，那是我料想不到的。這或許也是佛家所謂的緣分，我會寫信告訴我的爸媽，讓他們也能分享這份喜悅。希望不久的將來，他們能看到美麗又純樸的金門姑娘。」

「那可能是很久以後的事了。」夏明珠笑著說。

「不會很久。」王國輝嚴肅地說：「人與人之間的感情是很難預料的，只要真心相待，往往能超越一切、凌駕時空。」

「感情的衍生必須依靠時間來推進，你的看法似乎很簡單。」夏明珠抿著嘴、笑著說：「我們才認識短短的幾十天，所知道的亦只是彼此的名和姓而已，其它的卻是一無所知，更談不上『瞭解』這兩個字。」

「或許妳想的只是它的表徵，實際上我們的內心早已有對方的影子存在著。」

「你怎麼知道？」夏明珠說著，雙頰感到有點熾熱。

「我讀過心理學，很多情侶都是在第一印象裡產生的。」王國輝很有自信地說：「相信我們也是。」

「那必須要經過時間的考驗。」夏明珠說。

「時間不是問題，人才是最主要的因素。妳不覺得我們雖然只認識了那麼短短的時光，此刻卻如多年的老朋友一樣，談笑自如。」王國輝緊接著說。

夏明珠猛而地發覺王國輝的言詞竟然是那麼地犀利，畢竟未來的醫生是不一樣的，他正一步步蠶食著她的心靈。他沒有猜錯，她的內心裡早已有他的影子存在著，只不過是為了要保持少女的自尊而羞以表白罷了；她的矜持竟然讓他一眼就拆穿，她的心事竟然那麼快就被他摸透。好厲害的王國輝啊，她心裡如此地想著。

坐在回部隊的公車上，王國輝的心裡直笑著，想追這個女孩似乎不成問題。只因為她太單純，過於相信虛假的甜言和蜜語，甚至缺乏一顆防備的心，這是她最大的弱點。而他是否忍心來騙取她的感情呢？尤其是一個那麼純情的女孩子，往後他面對的，必是人性與獸性間的距離和選擇，以及內心無數的掙扎。最後他想擇取的，不知是人性還是獸性？這是一個他必須面對又難以取捨的問題。一個無恥又悲哀的醫生啊，他的道德何以會淪喪到這種地步！果真是為了那孤單寂寞的軍旅生涯，而腐蝕了聖潔的靈魂，讓他有不健康的思維和想法，讓獸性吞噬了理性？

8

對於未來，他用虛擬的筆，描繪了一張美麗的藍圖；
用甜言蜜語，編織了一個如詩如畫的夢境。
當然，夏明珠是相信的，
因爲她已被這場虛假的愛情騙昏了頭，
日日夜夜、時時刻刻做著留台夢。
當她一覺醒來時，不知是喜悅在心頭，
還是一場惡夢剛開始。

時光隨著歲月的更迭失去蹤影，感情隨著歲月的消逝與日俱增，這是一個必然的定律。夏明珠交了一個「台灣兵」，在她們那些姐妹淘裡已不是新聞，而是眾所皆知的事。罔腰姑仔看在眼裡，心裡更不是滋味，原以為這個女孩既乖巧又懂事，與森樑也相處得不錯，如果將來能成為她的媳婦，那真是再好不過的了。平日對她更是百般照顧，對她的家庭也是關懷有加，想不到她的變化竟是那麼地快。幸好林森樑陷入夏明珠這個愛的旋渦裡並不深，當他知道她正與台灣兵仔打得火熱時，很快地就把這份原先充滿著希望的愛情割捨掉，從此不再寫信給她，夏明珠這個名字也逐漸地從他的記憶裡失去，唯一想說的是：這個女孩太純潔了，其他的說多了似乎也沒什麼意義。

俗話說：女大十八變，而夏明珠並沒有兩樣，這是罔腰姑仔對她的看法。每天不管有沒有客人、有沒有生意，總有寫不完的信。當然她知道，這些信絕不是寫給她的孩子林森樑，而是那個看來有點滑頭的台灣兵仔。這個兵仔經常來找她聊天，尤其是中午沒人時，兩人時而低聲細語、時而有說有笑，雖然她聽不懂，也因為重聽的關係聽不清楚他們在說些什麼，但從他們興奮的表情來看，所談的絕對是他們的內心話。有時看她只顧著聊天而無心做生意，她實在很生氣，幾次想把她辭掉；但繼而地一想：要找一個會做生意的小姐的確也不易，如果請到一位手腳不乾淨的小姐，一天揩個幾塊錢油，那才「衰」呢，至少夏明珠不會來這一套，她絕對不會冤枉人的。然而，老闆亦有老闆的原則和尊嚴，有一次為了請假的事說了她兩句。

「妳不是前天才和那個台灣兵仔去看電影嗎？今天又要出去，未免太過份了一點吧！」罔腰姑仔很不高興地說。

「阿姑，不好意思啦，我今天要陪國輝到金城去一下，很快就回來。」夏明珠知道自己理虧，向罔腰姑仔解釋著說。

「不是我說妳，明珠。」罔腰姑仔轉弱了聲音，站在長輩的立場提醒她說：「交朋友要睜大眼睛，這些台灣兵仔是一支嘴糊累累，不要被騙了。」

「不會啦，阿姑。我又不是三歲小孩，怎麼會受騙。王國輝讀過大學，是學醫的，將來退伍回台灣後就可以當醫生，他不會騙我的啦！」夏明珠辯解著說。

「妳爸媽知道妳們的來往嗎？」罔腰姑仔關心地問。

「不知道，」夏明珠搖搖頭，苦笑了一下說：「要是讓他們知道，準被罵死！」

「我還是要勸妳，少跟這些台灣兵仔來往。他們安的是什麼心，久了妳就知道。將來吃了虧，會後悔一輩子的。」

「我們只是朋友而已，不會出什麼事啦。」

「坦白說，要交朋友、要找對象，還是本地人較可靠。」罔腰姑仔以她的經驗坦誠地說：「況且妳還年輕，不要那麼急嘛。」

「我沒有急啊。」夏明珠無奈地笑著說。

「看你們親熱得像七月的火燒埔，還說沒急。」

「時間過得很快，他已經來了半年多，再幾個月就退伍啦。」夏明珠解釋著說：「常在一起聊天，是為了彼此多一分瞭解，我們並沒有您想像中那麼親熱呀。」

「但願妳不要受騙才好。」罔腰姑仔淡淡地說，似乎不願意和她再談下去。然而她也想過：如果讓她繼續下去，萬一將來出了事可不是鬧著玩的。尤其是這些無聊的台灣兵仔，絕對心存不軌，看她善良、純樸又好欺，只不過是抱著一種玩弄的心，絕對不是真感情的流露。試想：一個未來的醫生，他會娶一個沒有學歷又沒見過世面，在彈子房計分的小姐？實在是令人懷疑。因此，罔腰姑仔不得不去找當初介紹夏明珠來工作的秀菊，希望她能勸勸她。

「秀菊仔，妳出來工作已經好幾年了，每天在店裡進進出出的人也不少，對那些台灣兵仔也非常清楚。明珠交的那位朋友，看起來不是很老實，萬一將來出了事，不知要如何向她父母交待。」罔腰姑仔對著秀菊說。

「阿姑，不瞞您說，我也勸過她好幾次了，她總是不聽。整顆心好像被那個台灣兵仔迷住似的。」秀菊有點兒激動地說：「人家是大學生，家裡又有錢，聽說早已有女朋友啦。來這裡當兵無聊，一張嘴滑溜溜地亂吹亂蓋，像一個花心蘿蔔，偏偏明珠就信他那一套。」

「感情這種事有時是很難講的，說不定他們是真心相愛，但這些日子來我感受到壓力很重，生意也明顯地差了很多。明珠是妳介紹來的，妳幫我再勸勸她，請她專心點，也不能三天二天請一次假；要不，我只好另外找人啦。」罔腰姑仔說了重話。

「阿姑，明珠家的環境您知道，這份薪資對她家來說是很重要的。我會好好勸勸她，務請再給她一次機會。」秀菊說。

「明珠如果能像妳那麼冷靜、懂事就好了。」罔腰姑仔淡淡地說。

夏明珠是識相的，經過秀菊的勸說，雖然做了一些改變，但對王國輝的戀情依然處於癡迷的狀態中，這也是旁人無法理解的事。王國輝曾經告訴她，退伍後馬上開業當醫生，屆時會把她接到台灣去一起生活，甚至也會把她的父母親一起接過去，不會讓他們在金門受苦受難。對於未來，他用虛擬的筆，描繪了一張美麗的藍圖；用甜言蜜語，編織了一個如詩如畫的夢境。當然，夏明珠是相信的，因為她已被這場虛假的愛情騙昏了頭，日日夜夜、時時刻刻做著留台夢。當她一覺醒來時，不知是喜悅在心頭，還是一場惡夢剛開始。

王國輝的行為和舉止，終究是逃不過反情報隊那些人的眼線，反映資料已送達師部保防部門，經過監察單位調查發現，他不僅經常擅離職守，還數次抄小路、走後門，規避衛兵的檢查，大膽地把夏明珠私自帶回醫務所。雖然沒人知道、也沒有充分的證據證明他們在裡面做什麼，或曾經發生過什麼事，但違反軍紀已是不爭的事實。

除了被記過處分外，又被調到一個較偏遠的山區，一個人住在一間漆黑的碉堡裡，負責看管和維護一些老舊的醫療器材。階級雖不變，任務卻繁鎖，碰到裝備檢查更是忙得不可開交。尤其孤處在一個小山頭，旁邊雖有友軍，亦有一座座的墳墓，每到夜晚，那盞微弱的燭光更讓他心生恐懼和不安。因而，他想起在醫務所那段輕鬆的日子，每天來醫護的官兵可說是寥寥無幾，但他卻沒有好好地利用時間來進修、來準備醫師考照。雖然他已參加過托福考試，家中亦有足夠的經濟能力讓他出國留學，更有一位論及婚嫁的女友要伴他遠渡重洋，向醫學的最高峰邁進。然而為了這短短的役期，為了來到這個小島嶼，他的心身彷彿失去了平衡，成為人人欲誅之的頹廢青年。他沒有了理想和方向，唯一夢想的是從女性身上發洩被壓抑的性慾。而不幸，首當其衝的是一位夢想美麗新世界的純情少女，她迄今還不知道在她身邊的是一隻沒有人性的狼。她一顆純潔的處女心已被這匹無恥的狼所吞噬。不久他就退伍返鄉，投入另一個女人的懷抱。雖然他告訴她的是一個真實的地址、真實的姓名，但在短期內，她想橫渡台灣海峽並非易事，當她找上門來，或許他已經踏上異國的土地了。這個可憐又無知的少女，被玩了、被耍了、被騙了，還不自知。剎那間王國輝腦裡，又浮現出夏明珠清純的影像，一遍遍，如浮雲飄搖在天際。

「少尉，這個碉堡曾經有人自殺過。」有一次，友軍的一位小兵，神情嚴肅地告訴他說：「小心點，據說裡面有鬼。」

雖然他不在意，也不相信有鬼神的存在，但每逢夜深人靜，無論是遠方的野犬聲，或是碉堡外的風吹草動，都曾經讓他從睡夢中驚醒。是碉堡裡面有鬼？還是他的心裡有鬼？每當日落西山、夜幕低垂的時候，他總是不停地思索著，也企圖從繁複的腦海裡，尋求一個完整的答案。然而這個答案是不存在的，世間有輪迴，佛家講報應，這段時間裡，他是否做了違背良心、背叛道德的事？要不，心中為什麼會有鬼神的存在，神魂為什麼會得不到安寧，身軀為什麼會被囚禁在這方陰暗的小天地裡？他瘋狂似地吶喊著：有鬼、有鬼、有鬼！他不停地呼喚著：有鬼、有鬼、有鬼！原來他置身的是在一個恐怖的惡夢裡。當他夢醒時，是否會洗滌沾滿污泥的雙手，淨化一顆醜陋的心靈，閉門思過，向蒼天懺悔，重新面對這個美麗的新世界。

然而，他已不能，他的心已被現實的情景矇蔽，唯一在他腦中盤旋的只有「玩弄」二個字，因而他不計後果，為尋找自身的快樂而不惜付出任何代價；為發洩壓抑的性而背叛道德和良知，只因為來到這個苦悶的小島嶼，讓他無所適從的軍旅生涯。一個未來的醫界菁英，在未投入職場時，為什麼會先得到一個醫學名詞裡鮮少出現的病症，讓他的心身亮起一盞難以熄滅的紅燈，或許這個病症必須待他解甲歸鄉時方能痊癒。而那個受傷的小心靈呢，或許將擁抱一顆破碎的心含恨終生。倘若老天有眼，讓惡人無所遁形，勢必不會辜負信眾對祂虔誠的膜拜。但往往祂卻與一切生靈背道而馳，信眾所祈求的，多數也事與願違；好人沒好報，惡人依然在人間逍遙，見怪不怪的善男信女只好坦然面對、了然於胸。如果沒有更好的詮釋，凡事要認命便是他們最好的安慰。

9

這種主觀意識強烈的大男人主義者，
是否能成為她終身的伴侶和依靠？
為什麼她從來沒有思考過這個問題！
把一顆最珍貴的處女心也赤裸裸地給予他。
是貪圖他的才華，想做醫生娘？
還是貪圖他家的富有，想做少奶奶？
抑或是依然做著一個幼稚的留台夢？

好幾次回家，夏明珠始終沒有勇氣向家人提及她和王國輝的事。從她的妝扮上，他們也看出孩子是長大了，不再是一個未見世面的小村姑，而是一個亭亭玉立的大小姐。在父母的眼前，夏明珠表現的，依然是一副乖巧又懂事的模樣，父母雖然放了心，但也時時刻刻不忘叮嚀她幾句，聽在夏明珠的耳裡似乎也不是新鮮事。然而父母能做的畢竟只有這些；她已經長大成人，在外的一切言行和作為，都必須自己來負責和承擔。她不可能偎依在父母身旁一輩子，父母也不可能用繩索來繫住她的心。她有她的選擇和理想，能遠到台灣和王國輝生活在一起是她永不改變的心願。

她始終不明白罔腰姑仔和秀菊，為什麼會處處往壞的方面想，老是說台灣兵不可靠，總是說王國輝不老實。如果她沒猜錯，罔腰姑仔是為了她和林森樑分開而心存報復，想來破壞她們之間的感情；秀菊可能是因自己不中用，在外面工作了好幾年，連個男朋友也沒有，今天見她覓得如意郎而心生嫉妒，吃起了乾醋。她們愈想破壞，她愛王國輝的心則愈堅強，絕對不容許任何人從中作梗。想想，不久就能到台灣去了，這是一件讓人多麼振奮的事啊，全金門只有她夏明珠是幸運的，相信未來也是幸福的。夏明珠日日夜夜做著同樣的夢，而美夢是否能成真，幸福是否能到來，夏明珠似乎從未想過這些，只因為她的夢幻太天真，誤解了愛的真諦，沒有認清這個充滿著虛偽和假面的世界。

在偏遠的山區沈潛了一段日子，王國輝並沒有記取教訓、悟得真理；相反地，對於軍中那套管理模式更加厭煩，但卻也無可奈何。他已兩個禮拜沒有休過假，每天過著枯燥苦悶的生活，時時刻刻與那些老舊的槍械彈藥在一起，從早到晚，聞到的是一股濃濃的火藥味和銅銹味。幸好距離退伍的日子已不遠，倘若繼續下去，他的精神一定崩潰。雖然他的女友經常來信鼓勵和安慰，但他的心依然是難以平復的，只有和夏明珠在一起，才能讓他得到紓解和發洩。然而，這個純潔無知的小女孩，是否前生虧欠了他，還是造了什麼孽，注定要成為他精神慰藉的工具。無論在家裡、在學校，父母和師長教他的，除了要規規矩矩做人外，更要具備高尚的品德。而此時，他不但忘了父母和師長的教誨，在近一年來的軍旅生涯裡，更做了一百八十度的急轉彎。今天難以彌補的傷害已經造成了，他是否願以一顆誠摯的心來面對一切，還是選擇規避，把後果留給夏明珠一個人來承擔。因為責任不是單一的，他並非用暴力來獲得夏明珠的心，該怪夏明珠沒有睜大眼睛來拆穿他虛偽的面目吧。當初他只是抱著玩玩的心，迄今依然是如此的，想不到他一箭就射穿了夏明珠的處女心，甚至還深入她的內心世界，得到他此生從未有過的快感，他相信夏明珠的感受也是如此的。

求學時因受限於高道德標準的牽絆，他和女友之間也近乎點到為止，想不到在這個孤單的小島上，竟能讓他享受到人生最大的樂趣，為他單調的軍旅生涯，添上一些美麗的色彩。然而這份從天而降的禮物，是否很快就從他的記憶中消失，還是讓他永記在心頭？或許，他的羞恥心已破滅，人格已淪喪，不久即將和這個小小的島嶼說再見；這段時間的所做所為，除了夏明珠外，是不會有其他人知道的。況且，為了顏面、為了不讓這份醜事曝光，相信夏明珠也會守住這個秘密的。屆時他必將光榮退伍，從戰地榮歸，回到闊別已久的家鄉，受到親朋好友熱烈的歡迎，夏明珠的身影必將從他的記憶中消失，回復他和女友之間纏綿的戀情，規劃他們未來要走的路途，其他的，與他何干！

難得有一個假期，王國輝來到夏明珠的店裡。夏明珠見到他，喜悅的眼神更加地明亮。

「我們出去走走。」王國輝低聲地說。

「客人那麼多，怎麼向阿姑開口。」夏明珠低聲地回答他。

「管它的，再做也做不了幾個月啦。」王國輝向她使了一個眼色說：「我在老地方等妳。」說完後轉頭就走。

夏明珠面對著如此的情景，的確是讓她左右為難。然而她想到王國輝此刻需要的是什麼，心中想的又是什麼，從他的眼中可看出，他乞求的是一份憐憫的愛，渴望的是心靈上的慰藉，這些都是她不計後果，偷偷地給過他的。而此刻，罔腰姑仔會讓她放下生意，出去和情人幽會嗎？除了撒謊，除了編一個符合邏輯的謊言，來矇騙這位對她照顧有加的老年人外，別無他途。從小父母再三教誨和叮嚀的，莫過於做人要誠實，絕對不能說謊。近二十年的歲月她始終牢記在心頭，時刻把它奉為金玉良言來遵循，不敢逾越。而今為了要滿足一個男人的需求，她是否要違背父母的意旨和庭訓，說一次謊。一旦破例，勢必會有第二次、第三次，甚至淪落成一個牧羊的孩子，謊言說多了終究會被狼吃掉。

夏明珠望著在檯上滾動的七色球，時間也隨著記分板上變動的數字而溜走。她的心裡嘀咕著，為什麼王國輝絲毫沒有考慮到她的處境，連最起碼的尊重也沒有。凡事要依他，要以他的意見為意見、以他的觀點為觀點，從未替她想過。這種主觀意識強烈的大男人主義者，是否能成為她終身的伴侶和依靠？為什麼她從來沒有思考過這個問題！像孩子般、更像著魔似地任由他來擺佈，把一顆最珍貴的處女心也赤裸裸地給予他。是貪圖他的才華，想做醫生娘？還是貪圖他家的富有，想做少奶奶？抑或是依然做著一個幼稚的留台夢？罔腰姑仔的忠告，秀菊的善言，她竟然一句也聽不進去，甚且還錯怪了她們。王國輝是否真心的愛她？如果是真愛，凡事必須替她著想，而不是每次見面，只為了滿足他某一方面的需求，把她當成是一種發洩的工具。尤其她在性知識方面是貧乏的，萬一有一天、有一天讓她懷了孕，勢必無顏見人。雖然王國輝再三地向她保證：他是學醫的，也曾經修過這方面的學分，要她放鬆心情，絕對不會出事的，但她依然提心吊膽，深恐有一天會撞到鬼。

夏明珠衡量得失後決定不去赴約，她不想每次都受王國輝的擺佈，也不能愧對罔腰姑仔。在她尚未取得王國輝任何承諾和保證時，她不能擅自離開，讓罔腰姑仔把她辭退；也不能失業，只因為貧困的家境需要她這份薪資來貼補家用，更不能讓年邁的雙親失望。況且，台灣這條路離她愈來愈遠，自己能否平安抵達，還是一個未知數，遑論要把他們接過去一起生活。她似乎已發覺到，王國輝並沒有她想像中的那麼誠懇和老實，每次見面都是擇他所需，語言之間時有閃爍或答非所問，對於他的家庭也刻意地迴避，不願多談，夏明珠對他的瞭解幾乎是少得可憐。而王國輝也從來沒問過她的家庭狀況，或要求去拜見她的父母，一心一意僅在她的身上打轉；用甜言做餌，又在旁邊灑了些蜜語，她竟然輕易地上了他的鉤。

如今她已不再是一個聖潔的處女身，全身上下都是骯髒的；這個骯髒的身軀必須由王國輝親手來把它洗淨，一切後果也必須由他來承擔，別以為金門女孩是好欺負的。或許多數人都能理解到夏明珠的憤慨，但這個過錯又有誰能替她承擔？倘若她在這場戰爭中受到傷害和失敗，是否有勇氣再站起來，還是讓鄉親等著看笑話？夏明珠的內心裡，不但充滿著矛盾，更有悲觀的思維和想法。然而擺在眼前的事實讓她恥於逃避，唯一自我安慰的是：這場戰爭尚未結束，何須那麼快論輸贏。她還是相信：王國輝絕不是一個無情無義的負心人；台灣不僅是美麗的寶島，亦是人間的天堂。

久久的等待，殷切的期望，王國輝再怎麼想也想不到夏明珠會失約，一份無名的失落感很快地爬上心頭。他的內心煩燥鬱悶，眼見難得的假期很快就要結束，歸營的時間也逐漸到來，這隻百依百順的小綿羊，是否已發覺到他心存不軌，在欺騙她、在玩弄她。果真他那顆虛偽的心已被拆穿，醜陋的面目也同時現形，這是他始料不及的。然而這場戲已開鑼，他是戲中的主角，雖然沒有劇本，也不知往後是悲、是喜，或是對人生的另一種嘲諷，但絕對不會有好結局。再過不久，當退伍令拿到手，當返航的登陸艇鳴起了氣笛，他會站在甲板上，向這個美麗的小島嶼揮揮手，高聲喊著：「再見了，夏明珠。」當他下了船，十三號碼頭的圍籬旁，又會有一雙白皙的小手朝著他揮動。王國輝想到這裡，得意地笑笑，這場戲最大的輸家必是夏明珠，他只不過耍了一點小手段，費了一點小功夫，夏明珠就任由他來擺佈，任由他來玩弄。今天她失約，但明天很快就來到，後天也在不遠處，機會永遠是靠人的智慧來創造，夏明珠只不過是這個複雜、現實社會裡的一張白紙，或是一塊未經雕琢的璞玉，實難判斷人性的善惡和真偽，當這齣戲結束時，許是悲情人生方才開始。

10

一個純樸善良未曾出過遠門的戰地兒女，
一個父母眼中乖巧懂事又勤奮的女兒，
只因爲夢想著美麗的寶島而踏上錯誤的第一步，
只因爲中了甜言蜜語的蠱而失身。
未來要走的路，必是滿途荊棘、崎嶇難行，
她是否能運用父母賜予她的智慧，
發揮戰地兒女堅忍不拔的精神，越過高山峻嶺，
橫渡台灣海峽，向幸福人生漫溯⋯⋯。

夏明珠雖然從人生和人性之間悟得一絲真理，但畢竟她已踏上錯誤又難以挽回的第一步。失身於王國輝是她內心永難磨滅的痛，眼看王國輝退伍在即，她不得不和他講個清楚。

那天，王國輝的役期已滿，並順利地辦好了移交手續，但必須等候航次始能如願返台。在候船的期間裡，只要不違反軍紀，天天均可外出，彷彿就是休假。巧而，在清港的前一天，夏明珠也有半天的假期，他們來到鄰村郊外一個破落的豬欄旁。豬欄裡早已不見豬影，泥地裡也長滿著野草，旁邊一株高大的楓樹，是深秋最後的一株火紅。這裡人煙稀少、清靜難得，也是他們幽會的老地方。

「回到台灣，我會儘快的寫信給妳。」王國輝深情地說。

「但願你不要騙我。」夏明珠淡淡地答。

「這段時間來，妳好像在懷疑我。」

「在冥冥之中，我似乎感應到這是一場沒有結局的愛情。」

「不會的，明珠，妳要相信我。」

「或許我是太過於相信你，才會不加思索地把整個身子給予你。」夏明珠別過頭看了他一眼：「希望你不要忘了先前對我的承諾。」

「我不會忘的。待我安頓好、找到工作後，馬上把妳接到台灣，完成妳的心願。」

「你不是說退伍後，馬上就可以開診所，當醫生賺錢嗎？」夏明珠疑惑地問：「為什麼還要找工作？」

「我又改變了主意。」王國輝撒著謊說：「決定先到外面工作一段時間，吸收別人的經驗，然後再自已開業。」

夏明珠雙手托著腮，面無表情地沈默著。

「我們的事，我會先稟告我的父母親。」王國輝堅決地說：「相信不會拖太久，也會給妳一個滿意的交代。」

「我一直害怕我的肚子：：：。」夏明珠恐懼地看了一下腹部。

「不要怕。」王國輝信心十足地：「我是學醫的，這種事我清楚。每一次我們都是在安全的範圍裡行事，絕對不會有什麼誤差和意外。」王國輝說後，緊緊地摟住她的腰，安慰她說：「妳放心，不會有事的。」

「萬一……。」夏明珠依然不放心地。

「沒有什麼萬一的。」王國輝打斷她的話，而後低下頭，在她的髮上輕輕地吻了一下說：「妳儘管放心，相信我的話永遠錯不了。」

「國輝，我的身子已完完全全被你佔有啦，你可不能沒有良心，回到台灣後就不管我了。」

「傻瓜，從認識到現在我一直是深愛著妳的。」王國輝用手輕撫著她的髮絲，雙眼卻凝視著遠方，嘴角含著一絲輕浮的笑意說：「我們的未來和計劃，我不是說過好幾遍了嗎！無論天涯海角我會等著妳的，但也希望妳能快點辦好出境證，以免夜長夢多。」

「你是怕我變心？」夏明珠急促地問：「還是你會變心？」

「不，都不是。」王國輝搖著頭說。

「你是知道的，我們家在台灣即無親又無戚，又沒有什麼充分的理由，想出境並非易事。除非我們先訂婚，再用訂婚證書提出申請，這是唯一較可行的辦法。」夏明珠憂心地說。

「退伍的喜悅把我沖昏了頭。」王國輝的心裡隱藏著一份恥以表明的暗喜：「我忘了這是戰地。」

「這對我們金門人來說是不公平的。」夏明珠憤慨地說。

「或許是吧。」王國輝冷冷地說：「回到台灣後我會說服我的家人，讓我們先訂婚。」

「說服？」夏明珠疑惑地問：「你不是說你的父母很高與你交了一個金門女孩嗎，難道他們不同意？」

「他們很高興我們做朋友，其他的事我還沒有向他們提起。」王國輝聲音低低地說：「相信不會有什麼問題的。」

「不要忘了你對我的承諾，我是禁不起任何打擊的。」

「不要想得太多，也不能做傻事，凡事只能往好的一方面來想。別忘了，天無絕人之路。」王國輝內心有些不安，輕輕地拍著她的肩，安慰她說。

「或許是我的想法太幼稚，也是我人生錯誤的第一步，為什麼會發生這種事。迄今我的父母尚不知他們的女兒已非完璧之身，而玩弄她的男人馬上又要離開這個地方，未來的日子不知要如何的過下去。」

「明珠，不要說『玩弄』這兩個令人傷心的字眼，妳難道還感覺不出來我是真心愛妳的？！我們選擇自己愛做的事並沒有錯，況且，這也是愛的最高昇華。」

「愛有時是很難下定義的，猶若這個多變的社會一樣，讓人沒有安全感。」

「今天從妳的談話中，我深刻地感受到妳的思想成熟了很多。」

「這或許是人生的一個過程吧，每做錯一件事似乎就增一智。有時不得不為自己想；想起往後要面對的必是一條坎坷的路途。」

「不要想得太悲觀。」

「我全身充滿著罪惡，哪有悲觀的權利。」

「不，妳沒有錯。如果要怪就怪這場戰爭吧。它把一個小小的國度，劃分成前線和後方。國民應盡的義務卻有不同的待遇，在後方服役的能享受到家的溫馨，在前線盡義務的必須承受生命中的孤單和冷漠。因而，他們的心靈沒有依靠，精神得不到慰藉：：。」

「這是藉口，還是正當的理由？」夏明珠沒等王國輝說完搶著說：「駐守在金門的有十萬大軍，難道他們個個都在戰地留情？個個都能找到可撫慰他們心靈的伴侶？或許只有你王國輝是幸運的，因為你碰到一個幼稚又傻瓜的女孩。她是誤上了賊船，還是找到了依靠？只有聽天由命了。」

「不，明珠，妳不要激動。相信我，我是愛妳的。」

「或許我此時沒有懷疑的權利，時間是最貼近人心的答案，老天是最好的見證人。」

「明珠，我對天發誓。」王國輝突然舉起手，喃喃地說：「我愛妳，我沒有騙妳。」

「但願你說的每一句話都是真的，而不是我心中難以承受的夢魘。」

夏明珠說完竟失聲地痛哭著。不管王國輝對她的承諾是真是假，不能挽回的錯誤也已經發生。今晚的別離，該不會是永恆的分開吧？一旦王國輝走後，她該如何來面對未來的變遷？一個純樸善良未曾出過遠門的戰地兒女，一個父母眼中乖巧懂事又勤奮的女兒，只因為夢想著美麗的寶島而踏上錯誤的第一步，只因為中了甜言蜜語的蠱而失身。未來要走的路，必是滿途荊棘、崎嶇難行，她是否能運用父母賜予她的智慧，發揮戰地兒女堅忍不拔的精神，越過高山峻嶺，橫渡台灣海峽，向幸福人生漫溯……。夏明珠連想都不敢想。

11

夏明珠處在一個前所未有的痛苦裡，

她奉獻出一顆彌足珍貴的少女心，

想不到此生的幸福，

卻斷送在這個無情無義的男人手裡。

而就在她情緒低落沮喪與懊惱的同時，

她突然發現該來的月事卻沒來，

更讓她陷入難以接受之恐慌。

海水漲潮了，白茫茫的水花一波波湧向新頭的沙灘。岸勤人員拆離了浮橋，六三七軍艦緩緩地關上艙門，鳴了汽笛後啓起錨。今天是單號，它必須趁著黑夜退到外海等候，俟天明後再航行。

東方剛露出一絲銀白，太陽尚在濃雲深處，王國輝已來到甲板上，他面對著茫茫的太武山巒，想起無辜的夏明珠，頓時心中萌起一股無名的愧疚感。幼時嚴謹的家教，長大時高等教育的啓發，為什麼竟失去了理性，泯滅了人性，來矇騙、來傷害一個純潔善良的少女？若依他的行為，一旦事情鬧開了，一旦被人舉發，軍法大刑伺候是不能避免的，屆時他必將被這個社會唾棄，又怎能對的起養育他的父母、教育他的師長、培育他的社會。雖然他有一副健康的身軀，卻有一個不健康的心理，倘若每一位中了金馬獎的官兵都像他，這個小島豈不要大亂。今天他能順利地退伍，一切都得歸功於夏明珠，只因為她善良，只因為她承受了一切對她的傷害。如果碰到一位不肯放過他的少女，或許早已進入軍事看守所，何德何能，還能站立在這艘歸鄉的軍艦上。

如果他的人性尚未泯滅，依情論理他都必須負起責任，對夏明珠有一個圓滿的交待，和她結婚是唯一的選擇。自從和她親密過後，每次他都是以謊言來安慰她，實際上這種事情是很難講的，不怕一萬只怕萬一；萬一她真的懷孕了，除了傷害她也同時傷害到一個無辜的小生命。然而，他的家人會同意他娶一個在彈子房計分的小姐嗎？在商場稍有成就的父親講的是門當户對，在社交圈活躍的母親講的是體面和排場。無論從那一個方面來衡量，夏明珠想入他家的門檻，簡直是緣木求魚。況且，他現在的女友出自名門，雙方的家長亦是世交，讀的是外文系，待他退伍後將先訂婚，然後一起出國深造。如此層層的包袱教他如何來取捨，要是他差池的行為被他們發覺，其後果料將不可設想，他的前途勢必毀於一旦。

汽笛鳴過三響，軍艦加足了馬力，快速地航行在湛藍的大海裡。白茫茫的太武山頭已被金色的陽光取代，綠色的林木也逐漸地從王國輝的眼簾裡消失。

「再見了，金門。」

王國輝舉起沉重的手，輕輕地揮動著，而卻揮不走纏身的罪惡感。如果來生再抽中金馬獎，他將以贖罪的心來熱愛這片土地，善待這片土地的每一個人，任憑是做牛做馬來拖磨也無怨悔。然而，他能有來生嗎？今生造的孽或許很快就會得到報應，如果依然沉迷不悟，必將被閻羅王打入十八層地獄，永不超生。或許，在科學昌明的今天，任何惡毒的咒語，都難與實際人生相抗衡。如果賭咒能成真，殺人亦可求神來原諒，他後悔此生做了一件天理不容的錯事，唯一能讓他心安的，只有實踐對夏明珠的承諾。而他是否有勇氣來背叛父母的意旨，以一顆誠摯之心來迎接夏明珠；還是接受父母的安排，榮華富貴過一生，置夏明珠生死於不顧？王國輝的心情陷入惡劣又矛盾的情境中。

六三七軍艦繼續航行，小小的島嶼早已被雲空吞噬。碧海連天天連海，只見白浪滔滔，滔滔白浪；只見濺起的浪花在甲板上輕飄。它將航向何處，或許是沒有港灣的茫茫人海：：。

人，是一種很奇怪的動物，往往會在一念之間做出許多憾事。事後想悔改、想彌補、想挽回，卻經常讓人失望和落空；它的確也應了古人一句話：一失足成千古恨。自從王國輝退伍後，夏明珠的心情似乎平靜了許多。雖然只接到他一封簡短的平安信，信中除了思念和安慰外並沒有觸及到其他的事。夏明珠心想：王國輝剛退伍回家，一定有許許多多待辦的事要處理，等他安頓下來後一定會依照他的承諾，每天給她一封信，並給她一個圓滿的交待。然而她的夢想並沒有成真，牆上的日曆依舊一天撕去一頁，今天又是黑夜過後的日光明。每天守候在店門口，期盼著綠衣郵士為她報佳音，但期望愈高失望愈大；每日苦思，徹夜難眠，有誰知她此時情。然她並沒有往好的一方面來想，只擔心他是不是、會不會出了什麼事？於是她鼓起了勇氣，連續為他寫了二封信、三封信、四封信、五封信，都如石沈大海，依然得不到他任何的回覆。

夏明珠處在一個前所未有的痛苦裡，她奉獻出一顆彌足珍貴的少女心，想不到此生的幸福，卻斷送在這個無情無義的男人手裡。而就在她情緒低落沮喪與懊惱的同時，她突然發現該來的月事卻沒來，更讓她陷入難以接受之恐慌。萬一、萬一、萬一，萬一真的懷孕要怎麼辦？萬一、萬一、萬一，萬一她的肚子一天一天大起來要怎麼辦？她有顏面面對家人和鄉親嗎？她還能在這個小島上立足嗎？或許死是唯一的路途；一死解千愁，屆時什麼煩惱也不會發生。只是她能這麼做嗎？真能一死了之嗎？父母是否承受得了如此的打擊？無辜的小生命難道亦有罪？無數的問號在她內心裡糾纏著，衍生出一波波令人窒息的恐懼和驚慌。當她的心情稍為平復時，夏明珠轉而一想，她明明記得王國輝說過不會有事的，可能是這段日子來壓力大，生理失去平衡，月事遲了幾天吧。為什麼不再觀望觀望呢？或許今天不到明天就來了，或許明天不來後天就到也說不定，為什麼要庸人自擾，生活在恐懼之中。

然而往往事與願違，幾許期望、幾番等待，生理上明顯的變化讓夏明珠陷入絕望。一個懷了身孕的未婚少女，她有勇氣求助醫生來為她墮胎嗎？況且墮胎是不合法的醫療行為，又有那一位醫生敢於觸犯法律、敢於讓自身的醫德淪喪，非法地幫她墮胎？幼稚無知的夏明珠已走投無路，竟連生她、育她的父母親也不敢據實稟告。此時她心想的，該不是：台灣是美麗的寶島，人間的天堂。或者是：不到台灣心不死，一到台灣就死心，那麼慷慨激昂的言詞吧！在不得已的情況下，她不得不厚著臉皮，找上同村的秀菊，希望秀菊能幫她想想辦法。

「事情已發生了，現在再責怪妳也沒有用。」秀菊聽她說完，極端理性又冷靜地說。

「我現在該怎麼辦？」夏明珠無力的眼神期待著秀菊的相助。

「妳寫信告訴過王國輝沒有？」

「他從退伍後只來過一封信，我寄去的信連一封也沒有回。」

「什麼，」秀菊訝異地：「只來過一封信，沒回妳的信？」

夏明珠面無表情地點點頭。

「明珠，妳徹徹底底被騙了、被玩弄了。」秀菊有些激動地說：「早就告訴過妳，也警告過妳，那個王國輝看來就不是一個好東西，妳偏不信。現在好了，人家退伍回台灣了，妳的肚子也大了，誰有本事來替妳收始這個攤子？」

夏明珠無語地淚雙垂。

「別難過了，」秀菊輕輕地拉拉她的手，安慰她說：「現在任妳流乾了淚水也無濟於事。趕緊寫信告訴他，看他如何回應再想對策。這種事絕對不能拖，愈快愈好。」

「秀菊，妳千萬要替我保守這個秘密。」夏明珠含著淚水，懇求她說：「不能把我的醜事告訴任何人；要不，我會死的。」

「明珠，妳放心。」秀菊鄭重地說：「我們來自同一個村落，從小一起長大，情同姐妹。今天妳有難，我理當協助妳來解決，絕不會落井下石，也不會像長舌婦般地到處宣揚，讓妳無容身之處。」

「秀菊，今天我能在這裡工作全是妳幫我引介的。但我卻沒有聽妳的話，也沒有接受妳的勸告，才會淪落到這種地步。」夏明珠緩緩地講出內心恥於述訴的歉疚。「當事情發生了，自已沒能力解決，卻又找上了妳，徒增妳不少的麻煩。秀菊，我對不起妳。」

「現在不是說對不起的時候。」秀菊搖搖頭說：「爭取時間是當務之急。什麼都能等，妳的肚子卻等不及；我的嘴能幫妳守密，妳的肚子卻不能。明珠，坦白說，妳已沒有耗下去的本錢。」

「謝謝妳的提醒。」夏明珠哽咽著說：「今天發生這種見不得人的醜事，竟連生我、育我的父母都恥於向他們表明。一旦事情曝光，他們絕對承受不了這個打擊；尤其是我的母親：：：。」

「明珠，紙永遠包不住火，遲早他們會知道的。妳必須要有心理準備。」

「如果能把它拿掉該有多好。」

「妳是說墮胎？」

夏明珠點點頭。

「誰敢幫妳這個忙？！」秀菊無奈地說：「妳也不能冒這個險。」

「總比讓人看笑話好。」夏明珠苦笑地說。

「不要想太多，說不定王國輝收到妳的信後會很快來處理這件事。只要他寄來一張訂婚證書，妳就可以辦出境；一旦到了台灣，什麼事都可以解決的。」

「對他，我已完完全全沒有了信心。」

「妳懷的是他的骨肉呀，論情論理他都要負責的。」

「如果他還有良心、勇以負責，絕對不會因此而中斷音信。」

「妳有沒有到郵局查過，是不是寫錯了地址？」

「問過了，郵差也被問煩了。」

「會不會被罔腰姑仔給扣留了？」

「不可能，我在店裡的時間比她還多。林森樑寄回的信經常都是我拿給她的。」

「事情真的沒有我們想像中的那麼單純。」秀菊略有所思地說：「妳這一次寫的信，一定要用限時雙掛號交寄。因為雙掛號有回執，必須由收件人簽名或蓋章，如此一來妳就可以瞭解到王國輝到底收到信沒有。」

「秀菊，多虧妳想得那麼週到。」夏明珠由衷地說：「我佩服妳處事的冷靜以及綿密的思維。如果早聽妳的話，我今天不會有『一失足成千古恨』的悲情發生。」

「不，人的際遇有時是很難料的，往往當局者迷，旁觀者清；有時必須參酌別人的意見，千萬不要自以為是。凡事如一意孤行，最後吃虧的必是自己。」

「這些金玉良言，對一位失足的人來說，或許是晚了一點，但我會記住。」夏明珠感傷地說。

「明珠，妳不要太悲觀，妳還有一段長長的路要走；跌倒了要有爬起來的勇氣，其他的就暫時不要去計較它吧！」秀菊開導她說。

「秀菊，如果這次再得不到王國輝的回應，人生這條路對我來說，似乎並沒有太大的意義。」

「為了父母，為了孩子，夏明珠，妳沒有悲觀的權利！」秀菊激動地說。

夏明珠雙手摀住臉，悲傷的淚水從她的指隙間不停地流下，由微溫變成冰涼，由失望變成絕望；它是否能幻化成一泓希望的春水，它是否能湧出一池幸福的泉源，端看夏明珠的造化了……。

12

憲法規定人民有居住的自由
對島民來說是不存在的，
因爲這裡是戰地、是前線，
他們已習慣在鐵絲網下過生活、求生存，
自由離他們實在很遠、很遠，
能保住這條粗俗的老命，
何嘗不是前生前世修來的福分。

在夏明珠日夜的期盼下，限時雙掛號的回執輾轉又回到她的手中。在收件人簽章處，朱紅的印泥浮現出王國輝三個模糊的字，這封信已按址投遞到王家，是王家的什麼人收到或看到已無關緊要，至少已傳達了夏明珠急迫的心聲，也讓王國輝無情無義的嘴臉無所遁形。然而，夏明珠的用心依舊功虧一簣，她一而再再而三地用限時掛號信，針對王國輝甚至他的家人，把她的心聲化成文字來傾訴、來訴求，企圖博取王家的憐憫和同情。但她的用心是失敗的。每一首用心血和淚水凝聚而成的無聲曲，都得不到王家任何的回應，遑論是掌聲。

眼見她的腰圍一天天變粗，裙褲的鈕釦也全然失去了作用，時而會有害喜嘔吐的徵狀，雖然她再三地迴避罔腰姑仔，但經驗老到的罔腰姑仔焉有不知之理；她只是觀望著，不想拆穿她，為她留點顏面。而這個顏面又能替她保留多久？人畢竟是現實的，她能請一個未婚又大肚子的小姐來當店員嗎？誠然她現在乃能以衣服來掩蓋微凸的肚皮，不明就裡的外人也不能輕易地察覺到，如果事情一傳開，讓人誤會罔腰姑仔不正經，竟容許請來的小姐和人家亂搞，那才糟呢。因而她不得不再找秀菊，問問原委和詳情。

「秀菊仔，明珠這段時間精神好像不太好，妳要不要陪她去看看醫生。」罔腰姑仔裝著不知情。

「阿姑，明珠是我介紹來的，我不能瞞您、也不能欺騙您。」秀菊坦誠地說：「她太老實了，也太幼稚了，吃了很大的虧。」

「吃虧，吃什麼虧啊？」

「她被騙了。」秀菊神情凝重地說：「就是被經常來找她的那個台灣兵仔騙了。」

「那個叫什麼王國輝的醫官？」罔腰姑仔問。

「不錯，就是他。」秀菊肯定地說。

「很久沒看見了，他人現在在什麼地方？」

「退伍回台灣了。」秀菊沈思了一會，面對著這位識大體的長者，她不能不從實相告，也希望她能從中協助，讓夏明珠度過這個難關，重新站起來。「阿姑，明珠已懷了他的孩子，這個夭壽王國輝卻一走了之，寄去的信也不回，擺明是玩過後甩掉她。」

「唉，明珠這個孩子，」罔腰姑仔搖搖頭輕嘆了一口氣說：「糊塗啊、糊塗啊！明明知道這些台灣兵不可靠，她偏偏要去上這個當，現在要怎麼辦呀？」

「只有想辦法讓明珠到台灣找他，別無他途。」

「一個女孩子人生地不熟的，怎麼去找啊！」罔腰姑仔關心地說。

「明珠有王國輝的地址，他家就住高雄，下船就到，不難找。」秀菊說。

「要快一點去辦手續啊，等肚子大起來就不好見人了。」

「手續是一個大問題，既無親可探，又找不到什麼充分的理由和證明文件，光憑一張嘴是辦不通的。」

罔腰姑仔想了想，右手握住拳，輕輕地擊了下左手掌，久久也想不出一個充足的理由來幫夏明珠解圍。幾個月來的相處，雖然夏明珠無緣與林森樑成伴侶，但人總是有感情的，她始終沒有把她當外人。今天夏明珠發生了這種事，在不能坦誠面對自己的父母，無法取得家人鼎力的協助下，她絕對不能袖手旁觀，不能讓這個善良無辜的女孩再受到任何的傷害。秀菊沒説錯，只有讓她到台灣找他，才能解決所有的問題。不管這條路有多麼地遥遠難行，但為了自身的幸福，她不能不走下去。

「秀菊，有了。」罔腰姑仔興奮地説：「到台灣醫病。」

「到台灣醫病？」秀菊重複她的話説：「那要有醫院的診斷證明呀！」

「我認識李大夫，請他幫個忙一定沒問題。」罔腰姑仔信心十足地，而後又感傷地説：「這個可憐的孩子……。」

「阿姑，明珠現在的情緒很低落，這段時間如有什麼不週之處您可要多多包涵。」

「我是怎樣待她的，相信妳比我還清楚。」

「阿姑，我知道。」秀菊說後，突然有些憂慮地：「明珠所發生的事，只有我倆知道，我們必須為她保密，替她留點顏面，讓她好做人。」

「秀菊，妳設想的真週到。明珠有妳這位好姐妹，她該高興和驕傲。」罔腰姑仔由衷地說。

「謝謝您，阿姑。如果拿到診斷證明請您告訴我一聲，我會儘快地去買出入境證申請書來幫她填寫；讓她早一點上路，早一天安心。」

罔腰姑仔順利地拿到一份診斷證明書，這也是居住在這個小島嶼，一些經常跑台灣的社會人士常用的伎倆。只要認識醫院的醫生和護士，打一張診斷證明書並非難事。它除了可以辦出入境證外，倘若有本事，亦可以用這份證明書，透過關係，向主管安全查核的單位申辦搭機三聯單，然後再找一位有頭、有臉、有勢的高官去關說或施壓，照樣可搭上飛機，飛翔在藍天白雲間。或許有時也不必找什麼高官，只要穿藍色制服的作戰官或士官長一句話，絕對有「機」可乘。如果和他們交情好的、夠意思的、能任由他們需索者，還有專車送到停機坪呢；當然這似乎與人無關，一切必須歸功於「黃魚」和「高粱酒」，有時也得感謝「國父孫中山先生」。島雖小，名堂可不少，權力和金錢往往能凌駕一切，法令和規章它只適用於善良的島民和百姓。

醫院為夏明珠開具的診斷證明書是「鼻竇炎」，必須赴台專科治療。一張不痛不癢的診斷證明，卻如同保身符，左右著夏明珠的命運。秀菊為她填寫申請表，罔腰姑仔幫她找保證人，小島民擁有完整的手續和證明文件，那些狗眼看人低的官員們能奈何得了嗎？他們不得不蓋上「無安全顧慮」的圖章，他們不得不送往警總核發出入境證。憲法規定人民有居住的自由對島民來說是不存在的，因為這裡是戰地、是前線，他們已習慣在鐵絲網下過生活、求生存，自由離他們實在很遠、很遠，能保住這條粗俗的老命，何嘗不是前生前世修來的福分。

有了罔腰姑仔和秀菊的協助，夏明珠似乎沒有先前的沮喪，心情也稍微平靜了一些；她一面整理行囊，一邊等著出入境證。不管王國輝的意圖是什麼，是玩弄、是欺騙，還是真愛，在得不到他的回應和承諾時，面見是她不二的選擇，當面談清楚更是她的首要之務。未來無論他是如意郎君或是負心漢，必然很快就能釐清，對腹中的小生命亦有一個交代。然而，問題是否能像她想像中的那麼單純，一場激烈的戰爭似乎免不了，她必將全力以赴，發揮戰地兒女的英勇精神，為幸福而奮鬥，為腹中的孩子而奮鬥！只恐未能如願身先死，留得臭名在人間。

接到警總的出入境證，秀菊也陪她到港警所登記船位，如果沒有什麼意外，航期就在後天，她必須回家一趟，以謊言做掩飾，稟告父母親一聲。

「阿珠仔，今天又不是休假，妳怎麼跑回來了呢？」火旺嬸看著女兒，詫異地問。

「媽，我後天要到台灣去。」夏明珠說著，情不自禁地紅了眼眶。

「到台灣去，」火旺嬸訝異又不解地問：「到台灣做什麼？」

「媽，我要去參加普通檢定考試，通過後再參加普考，普考及格後就能當公務員。」夏明珠哽咽地說：「媽，我總不能一輩子都待在撞球場幫人計分啊。」

「妳有什麼打算總得先告訴妳爸爸一聲嘛。」火旺嬸面有難色地說：「妳後天就要去，今天才回家說，妳爸爸會不高興的。」

「媽，我又不是去玩，爸爸上山回來後您就幫我向他解釋解釋嘛。」夏明珠央求著說。

「孩子，為了這個家，讓妳犧牲了好幾年的青春歲月。」火旺嬸極端感性地說：「為了妳的前途，為了妳的將來，相信妳爸爸是不會反對和阻止的。待他山上回來後，我再向他解釋吧。」

「謝謝您，媽。」夏明珠說著說著竟流下了淚水。

「什麼時候回來？」火旺嬸關心地問。

「考完試就回來。」夏明珠依然哽咽地。

「聽說台灣是一個花花世界，壞人很多，妳初次出遠門自己要小心。」火旺嬸叮嚀著：「到了台灣要記得寫信回家，不要讓家裡牽掛。」

「媽，我會注意的，也會很快寫信回家，請您放心。」夏明珠說完竟放聲地哭了起來。

「不要難過，初次出遠門難免會有不捨。妳不是說考完試就回家嗎，離家的時間不會太長，頂多分開個十來天吧。」

「是的，媽，時間不會太長的。」夏明珠擦拭著淚水說：「相信不會太長的，不久我們就可以見面了……。」

火旺嬸輕輕地拍拍她的肩，幫她抹抹淚水，孩子第一次出遠門難免會難過，她並不在意。然而她似乎也發現到孩子胖了許多，這必須要感謝罔腰姑仔的照顧。在街上做生意，賺了錢，捨得吃，伙食好，想不胖也難啊。火旺嬸微微地笑笑，一陣無名的喜悅掠過心頭。

夏明珠並沒有等父親山上回來，就匆匆地走了。當她向母親說再見的那一刻，心頭猶如針刺般地難過。想不到，她竟以謊言來矇騙自己的父母。而除此之外，無論任何的解釋或婉轉的言詞，只有徒增父母的悲傷，並不能讓他們釋懷，這也是她撒謊的最大原委。當然她也深知，父母是永遠不會原諒她此時所犯的過錯，謊言也只能遮掩一時，並不能覆蓋永遠。此次不計毀譽、萬里尋夫的台灣行，是否能為她換取永恆的幸福？還是讓她身敗名裂死無葬身之地？如果能得到幸福，當必儘快返鄉向父母請罪，祈求他們的諒解；倘若不能，她勢必沒有勇氣踏上這塊土地，屆時將似一片無根的浮萍隨波逐流……。

13

爾時夢想中美麗的寶島，
此刻似乎已成一個失落的天堂。
在多采多姿的人生歲月裡，
她已踏出錯誤的第一步，
喪失與日月爭輝的大好時機，
此時置身在這個陌生的都會裡，
她像一個沒有臉的人，恥於舉頭來面對。

夏明珠提著簡單的行囊，在星空下的廣場等候。然而，她並沒有集聚在人群堆裡，和那些識與不識的鄉親們閒聊。她獨自站在南邊的圍籬旁，凝視著遠方漆黑的海面，唯一的一點光亮是來自不遠處的軍艦上，岸勤人員尚在裝卸中，待海水漲滿了港灣，她將搭乘這艘軍艦離開她的故鄉和土地，投身在一個全然陌生的環境裡。離開故鄉，雖有滿懷的不捨，但這只是她初嚐人間苦果的一小步，她不敢冀望苦盡甘來，只求平平安安的走完每一段路途。如果沒有當初多好，以她的美貌在家鄉不難找到合適的對象，然她像中蠱似的，被一隻惡魔所左右，讓她踏上錯誤的步履，無顏面對燦爛的人生。

吵雜的聲音過後是一陣騷動，候船的鄉親提起自己的行李往前推擠著，他們惟恐上了船佔不到好位子，明明是在自己的土地上，卻像戰亂時期的難民潮。聯檢人員喊著姓名發還出入境證，進入船艙才是難民生活的開始。幾塊餅干、幾個麵包、一壺開水，二十餘小時的體力全由它們來支撐。艙裡稀薄的空氣和油煙味，在海上搖晃和顛簸的船體，一陣陣的嘔吐聲，別人吐了自已不想吐也得吐，儘管胃裡空無一物，總可吐出幾口酸水和苦水吧。

有孕在身的夏明珠，她用幾張舊報紙鋪在一個暗淡的小角落，弓著身軀，閉著眼睛，腹部覆蓋著一件短大衣，口中含著秀菊為她準備的話梅。從上船到現在，她整個身軀已癱瘓在這幾張發黃的報紙上，只要睜開眼，頭就不停地在暈眩，胃也不停地在翻攪，竟連翻動一下身子也頗感難受，這是她始料不及的；或許，這也是她人生歲月裡一段痛苦的旅程吧。她突然想起：如果繼續和情報隊那些人打交道，說不定她今天搭乘的是太武輪；但那畢竟要付出代價的，天下絕對沒有白吃的午餐，罔腰姑仔被啃的例子，依稀在她的腦裡盤旋著。

軍艦已放慢了速度，船身回復了平穩，「高雄到了、高雄到了。」的喊叫聲在夏明珠的耳旁繚繞。多數人已上了甲板，夏明珠拖著疲憊的身軀跟進，她雙手緊抓護欄上的鐵鍊，雙眼緊緊盯住萬壽山的燈火，夜高雄有五顏六色的霓虹燈在閃爍，她的心卻不停地向下沉，彷佛要沉沒在這個污濁的高雄港。不一會，船在十三號軍用碼頭停靠，來自小島上的難民又搶著要下船，深恐趕不上北上的夜車。惟有夏明珠此行的目的地已到，雖然這是一個不夜城，然而她該走向何處，直闖王家大門探個究竟？還是冷靜地思考這條路要如何地走下去？因而，她下船的意願闌珊，但又不能不下船，只好跟在人群的最後面，依序排隊，在出入境證的內頁裡蓋上入境的戳記。

夏明珠拎著一個小提包，緩緩地走出十三號碼頭的大門口，雖然已是深夜，但來往穿梭的人車依舊熱絡，沉重的心情已取代一切新鮮感。她站在圍籬旁環視著眼前的高樓和大廈，爾時夢想中美麗的寶島，此刻似乎已成一個失落的天堂。在多采多姿的人生歲月裡，她已踏出錯誤的第一步，喪失與日月爭輝的大好時機，此時置身在這個陌生的都會裡，她像一個沒有臉的人，恥於舉頭來面對。

攬客的三輪車一輛輛從她身旁走過，她依然找不到目標和方向。此時若冒然地去敲王家的大門，去喚醒熟睡中的王國輝，他的家人是否會原諒她的唐突。而當初，怎麼沒想過要記下他家的電話號碼，好方便爾後的聯繫。仔細想想：她為什麼會那麼地幼稚和單純，想不到的事竟然有一籮筐，僅僅幾句甜言，她就上了賊船。如今這艘罪惡之船已停靠在這個污濁的港灣，同在這艘船上的人，無論在船裡受罪或置身於船外，內心永遠有難以洗淨的罪惡。因而她恥於宣揚，亦非前來興師問罪，只期盼事情會有一個圓滿的結果；一切責任該由誰來負責，必須把它釐清，以期對無辜的孩子有一個交待。夏明珠腦裡似乎永遠脫離不了這些老舊的問題，不管能不能順利地解決，她選擇來到這個陌生的地域並沒有錯，至少沒人敢問她懷了誰家的孩子？況且，這個城市裡的孕婦多得很，誰又認識了誰！這也是她唯一的安慰。倘若留在家裡，面對著朝夕相處的鄉親，未婚生子的恥辱勢必波及到她的父母，教那一生務農忠厚樸實的雙親情何以堪。

夏明珠微嘆了一口氣，脣角掠過一絲苦澀的微笑，寬闊的柏油路依然熙熙攘攘，在她尚未移動腳步的同時，她想到能暫時歇腳的同鄉會，這是罔腰姑仔告訴她的。在同鄉會服務的都是一些旅台數年的老鄉親，無論地緣或人際都有很好的關係，俗話說：親不親故鄉人，甜不甜故鄉水。在異鄉聽到鄉親的口音，那份難以言喻的親切感，直教人難以忘懷。罔腰姑仔也同時給她一份地址，告訴她在不得已的情況下，或遇到困難時，可去找她的表妹翠玉。只是她寡居多年的表妹，唯一的兒子是遠洋漁船的船員，幾個月才回來一次。住的是一棟簡陋的違章建築，屋內空間窄小，交通也有些兒不便，但短暫的停留是不會有問題的。然她還是希望夏明珠見到王國輝後能就此在王家落腳，兩人奉子之命儘速完婚，過著幸福美滿的生活，也希望她能儘快地把喜訊捎回家來，好讓親友分享這份喜悅。夏明珠聽後除了感謝還是感謝，感謝她的寬宏大量，感謝替她設想得那麼週到。然而，她也悔恨當初沒有聽罔腰姑仔的勸告，對林森樑更有一份無名的愧疚，而這份愧疚今生今世已難彌補，母子倆的雅量和風度更令她慚愧萬分。

夏明珠順手一招，一輛老舊的三輪車已停靠在她的身旁。

「金門同鄉會。」沒等車伕先問起，她逕行地說。似乎潛意識告訴她，此時置身的是人生地不熟的異鄉，凡事不能扭扭捏捏，外地來的常被在地人欺負是常有的事。聽說有些車伕近路不走故意繞個大圈子走遠路，藉機收取較高的車資。然而，她僅知道同鄉會的地址，怎麼個走法？該抄那條路較近？她是一臉的茫然，只有憑車伕的良心來帶路了。

「妳剛下船，是從金門來的？」車伕問。

「是的。」夏明珠簡單地答。

「以前來過嗎？」車伕又問。

「來過、來過，來過好幾次了。」夏明珠有點兒慌張地答。

「來玩，還是找親戚？」

「到台北找親戚。」夏明珠有些兒不耐煩地撒著謊說：「太晚了，明天一早再走。」

「一個單身女孩出遠門實在有很多不便，尤其這個社會愈來愈亂，幾乎天天都有打架和殺人的新聞，偷、搶更不用說。」車伕不厭其煩地說著，突然關心地問：「金門還有沒有打炮？」

「很少。」夏明珠也從實相告：「單號時，偶而地打打宣傳彈。」

「我的弟弟八二三就在金門當兵，在一次灘頭搬運時被共匪的大炮打死了。屍體支離破碎，慘不忍睹。」車伕感傷地說。

「生長在那個年代，又在前線服役，真的是很可憐。」夏明珠心有同感地說：「幸好戰爭已過去了，要不，會有更多的死傷。」

「不錯，戰爭是過去了，但並不代表結束。想過清平的日子或許還早。」

夏明珠並沒有再回應他，眼見他熟練地在路燈下、在人車間穿梭。紅燈停，綠燈走，不一會已到了同鄉會。因為返鄉的船剛回航，距離下一個航次尚早，在這裡滯留的鄉親並不多。她辦好了住宿登記，疲憊的身軀讓她倒頭就睡，天無絕人之路，一切留待明天再說吧。她自我安慰地想著。

從睡夢中驚醒，異鄉的陽光已從窗外照了進來，映在天藍色的被褥上。夏明珠換了一套簇新又寬鬆的套裝，也刻意地妝扮了一番；腹部雖然有點兒緊，但並沒有明顯地隆起，如果她自己不說，誰能知道她有孕在身。在這個幅員遼闊，人口密集的都市裡，花錢顧用三輪車伕來帶路或許是最恰當不過的，倘若自己來摸索，所花費的時間和精神勢必遠勝於車資。因此，夏明珠並沒有引以為浪費，她把王國輝家的住址，交由車伕來帶路，自己的一顆心也隨著車輪的滾動而快速地跳動著。過了這條路，或者是那條街，向左轉後又向右轉，她的心彷彿要從體內跳出來似的那麼令她難受。

到了王家，出面相迎的會不會是王國輝，這個沒有良心的東西，能躲得了一時，卻躲不過永遠；貪圖一時的歡樂，必須承受一切的後果，不要心存僥倖，更別誤以為金門姑娘善良好欺！然而一旦見了面，一旦見了他的家人，她該如何來應對呢？詩禮傳家是家訓，無論受到任何的委屈，她必須忍下，更要以理來服人。雖然在人生的大道上，她踏上了錯誤的第一步，但絕不能讓人說金門女孩沒教養，這是她必須深記在心頭的。

「小姐，到了。六巷二十號就是這一家。」車伕停下車，轉過頭對她說。

夏明珠神情恍惚地下了車，付過車資後卻痴痴地站在路旁，面對著一棟豪華的樓房發呆。

「不錯，六巷二十號，這就是王國輝的家。」夏明珠喃喃自語地。

「小姐，不會錯啦，就是這一家。」遠遠她聽到三輪車伕的提醒。

是的，六巷二十號就是這裡。她想找的人就住在這棟高級又豪華的樓房裡。於是她不再猶豫，鼓起了勇氣，按下此生第一次門鈴，彷佛也按下一個無窮的希望。

「誰啊？」開門的是一位穿著入時，端莊華貴又有幾分冷酷的中年婦人，她那尖銳的聲音隱含著一股傲氣。

「伯母您好。」夏明珠禮貌地向她點點頭說：「請問是王國輝先生的家嗎？」

「小姐打從那裡來呀？」她仔細打量了夏明珠一番，而後說。

「我叫夏明珠，是從金門來的。」夏明珠坦誠相告。

「裡面坐，好說話。」她揮了一下手，而後扭動了一下身軀，逕行走著。

「謝謝。」夏明珠尾隨在她的背後，步履蹣跚地跟著走。

她們在一間寬大而華麗的客廳前停下，裡面的裝潢和佈置讓夏明珠開了眼界、也大為吃驚。皮製的沙發、亮麗的茶几、壁上的名畫，一部大電視機就擺在滿是名酒的酒櫃下。她跟著換上了拖鞋，踩在一塵不染又軟綿綿的棗紅地毯上；如果能躺在上面睡上一覺多好，如果能在這軟綿綿的地毯上翻滾不知有多愜意。

「坐。」她冷冷地比劃了一個手勢，又以她尖銳的嗓音喊著：「阿蘭啊，給客人倒杯水。」

夏明珠不自在地坐在沙發椅上的邊緣。

「小姐，請喝水。」阿蘭端來一個盤子，裡面有一高一低兩個考究的象牙色瓷杯，她把較低的一個放在夏明珠的面前，把另一個輕輕地放在婦人的面前說：「太太，您的咖啡。」

「妳就是金門看彈子房的那個夏小姐吧？」婦人面無悅色，冷冷地問。

「是的，我叫夏明珠。」夏明珠像犯人般地有些兒膽寒，她此時面對的似乎不是一個慈祥的長者，而是一個冷酷的審判官。

「聽國輝談過妳，他說無聊時常找妳尋開心。」她說著，也同時用一對鄙夷的目光看著她。

「是的，我們常在一起。」夏明珠睜大眼凝視著她，終於鼓起了勇氣紅著臉說：「我們也彼此相愛著。」

「相愛？」婦人疑惑地說：「一位未來的醫生，他有著亮麗的前途，會去愛一個彈子房裡的記分小姐，說出來也不怕人當笑話。」

「伯母……。」夏明珠還未說完。

「不，叫我王太太。」婦人搶著說。

「我們是真心相愛的，不信您可以問問國輝。」夏明珠解釋著說。

「有人會比我對更瞭解國輝嗎？」婦人有些厭煩地說：「不要忘了先秤秤自己有幾斤重。」

「伯母……。」

「叫我王太太。」

「我可以見見國輝嗎？」夏明珠懇求著說。

「夏小姐，我是一個直腸子的人，說話從不拐彎抹角。國輝在上月底，帶著未婚妻到美國留學去了。」

「什麼？」夏明珠訝異又驚奇地重複著她的話說：「帶未婚妻到

美國留學？」

「不錯。他到美國留學去了。」婦人得意地說：「妳就死了這條心吧！」

「可是：：：。」

「可是什麼？難道我會騙妳！」

「我已經懷了他的孩子。」夏明珠的臉上有一股無名的熾熱。

「懷了他的孩子？」婦人冷漠地笑笑：「夏小姐，這種戲我見多了，也看多了，甚至在我身邊也經常發生；三不五時就有一些不正經的女人找上門，謊說是懷了國輝他爸的孩子。她們貪圖的是什麼，她們想要的是什麼，彼此是心知肚明。」

「王太太，我與國輝的情形是不一樣的：：：。」

「不一樣，」婦人重複著她的語調說：「女人還有什麼兩樣？」

「我們是真心相愛的。」

「既然是真心相愛，為什麼不把他留在金門！」婦人有些兒動火。

「國輝說要我來台灣找他。」夏明珠低聲地。

「夏小姐，我沒有太多的時間來跟妳耗。妳來的目的是什麼，儘管說。」

「我要見王國輝，我要他替我腹中的孩子負責任！」夏明珠激動地說。

「一個彈子房的小姐用卑鄙的手段勾引一位預官，還敢來興師問罪，妳把我王家看成什麼！」婦人尖聲地說。

「請您問問王國輝，是他追求我，還是我勾引他？」夏明珠不甘示弱地說。

「一個女人家要懂得廉恥，世界上的男人多得很，不要硬要黏住一個老實的王國輝；也不知懷了誰家的孩子，想找一個替死鬼來收拾爛攤子。」

「請您放尊重點。」夏明珠氣憤地說：「我的人格不容許妳來侮辱！」

「一個彈子房的小姐，面對著十萬大軍，讓人把肚子搞大了，再到處替孩子找爹，這種女人還有什麼人格可言！」

「妳不要侮辱我，妳不要侮辱我！」夏明珠憤而站起，高聲地吼叫著，兩行悲傷的淚水像斷線的珍珠，不停地向下滾：「妳不要侮辱我！妳不要侮辱我！！妳不要侮辱我！！！」

「阿蘭，送客。」

夏明珠一轉身快速地往外跑，噙滿眼眶的淚水讓她模糊了視線。而來時陽光普照的港都，此時卻烏雲密佈，它象徵著什麼？是否一場風暴即將來臨？還是夏明珠已失去了希望？有情芳草無情天，落花有意水無情，失足已成千古恨，在夏明珠心中，台灣已不是一個美麗的寶島，亦非人間的天堂……。

14

突然被對面的一盞紅燈所驚醒，
這盞燈難道就是她生命中的紅燈？
而不久紅燈已熄，黃燈閃爍過後是綠燈，
這盞綠燈彷彿就是她的希望。
夏明珠雙眼凝視著前方，
雖然看不到未來，但絕不放棄任何的希望

面對著無情的打擊，面對著多舛的命運，夏明珠躲在同鄉會廉價的舖位裡，蒙著頭整整哭了一整天。為了顏面，為了不讓鄉親指指點點，為了不讓父母親傷心失望，她必將成為一個有家歸不得的天涯淪落人。然而她將流落到何處，總不能賴在同鄉會過一生；她必須自立自強，孤軍在這個令她傷心失望的城市裡奮鬥，讓無辜的孩子平安誕生，她將以青春做賭注，把孩子養育成人，絕對不能讓人看衰。

夏明珠擦乾了眼淚，為父母寄出平安信，也同時把她的遭遇和未來，一點一滴詳詳細細地告訴罔腰姑仔和秀菊。她告訴罔腰姑仔將先到她的表妹處打擾幾天，也央請秀菊俟機安慰她的父母。當然她也深知她的父母會承受不了這個重大的打擊，但事情已發生了，千聲懺悔，萬句抱歉，依然改變不了已成的事實，只有留待來日會面時，再雙膝下跪向他們請罪吧。一個沒有臉的不孝女，不知何年何日始能步上歸鄉路？夏明珠的情緒陷入一片低迷的氣壓裡。她曾經想過要以死來求取自身的解脫，該葬身在西子灣滔滔的白浪裡，還是沉沒在愛河惡臭的水域裡，抑或是懸吊在萬壽山高大挺拔的林木上？無論是那一種選擇，都猶如銳針猛刺在她的心頭。然而她能這樣做嗎，一屍兩命是她內心永難承受之重，自己犯下的過錯為什麼還要嫁禍給一個無辜的小生命。大凡一個有良知的人必須要有人性，如果僅存的那絲人性也淪喪，又有何格稱人，這是她必須深思的。

夏明珠把地址交給三輪車伕，簡單的行李放在坐墊的左側，沉悶的低氣壓並沒有從她身上遠離，在舉目無親下，她依然得停留在這塊傷心地。往後的路必須自己來開拓，生活的重擔必須自己來承擔，凡事也必須自己來面對。就在她沈思的同時，突然被對面的一盞紅燈所驚醒，這盞燈難道就是她生命中的紅燈？而不久紅燈已熄，黃燈閃爍過後是綠燈，這盞綠燈彷彿就是她的希望。夏明珠雙眼凝視著前方，雖然看不到未來，但絕不放棄任何的希望，她的根亦不會深入到這片污濁的土地，只是暫時的寄生而已，有朝一日她勢必要回歸故土，仰望那片屬於自己的天空。

走走停停，左彎右轉，邊走邊問，穿過大街小巷，走過學校和市場，終於來到一片雜亂無章的住宅區。窄小的巷子，低矮的屋宇，頂端不是鐵皮就是木板，上面壓著幾塊石頭或紅磚，牆的下端是水泥，上面卻是木板釘成。儘管如此，它依然有水有電也編了門牌號碼，或許這就是所謂公地私用的違建吧。知道它的座落，有了門牌號碼，罔腰姑仔的表妹翠玉姨的住處並不難找。

「請問翠玉姨在家嗎？」夏明珠輕輕地敲了二下門，柔聲地問。

門很快就打開了，相迎的是一位嬌小瘦弱而慈祥的婦人。稀疏的髮絲挽了一個髻，身穿的是金門傳統的老式衣裳，足登的是一雙輕便的拖鞋，她笑容滿面又親切地問：「妳就是明珠？」

「翠玉姨，您好。我叫夏明珠。」夏明珠忍著悲痛，強裝笑顏向她點點頭說。

「快進來，快進來坐。」翠玉姨親切地拉著她的手說。

房間雖小，亦無華麗的裝飾和擺設，然它卻整理得有條不紊，簡單的傢俱擦拭得乾乾淨淨，讓人有舒適幽雅的感覺。翠玉姨為夏明珠端來一杯水，而後兩人同在一張小餐桌旁坐下。

「收到罔腰仔的信已經好幾天了，原以為妳已經找到幸福，不會到我這裡來了。現在妳來了，我倒有點兒憂心，是不是事情有了變化？」翠玉姨關心地問。

夏明珠點點頭，也同時點下一串串的淚水。她掩著臉，當著翠玉姨的面，竟嚎啕地大哭了起來。久久，久久依然沒有停的意思。

「孩子，妳就哭吧。痛痛快快地哭一場，流乾了那些悲傷的淚水，妳的心裡才會好過，妳才能夠重新站起來。」翠玉姨安慰她說。

夏明珠哭腫了眼，也流乾了眼淚，彷彿也把滿腹的悲傷和苦楚全哭了出來，她的內心的確感到發洩後的舒暢和快活。

「孩子，我活了這大把年紀，我能體會出妳此時的心境。想一時忘掉過去的夢魘是不可能的，它必須慢慢地用時間來化解。在這個城市裡，未婚生子是屢見不鮮；在我們民風純樸的小島上，卻不容許有這種情事發生，那是終生要受到恥笑的。俗話說：一失足成千古恨。既然已成不能挽回的事實，只有坦然來面對。」

夏明珠紅著眼，聆聽翠玉姨的教誨。

「我的孩子退伍回來後，就一直在遠洋漁船上工作，一年難得回來幾次；自己一個人孤零零地住在這裡，雖然不愁吃也不愁穿，但孤孤單單的總像缺少了什麼，如果妳不嫌棄，就安心的在這裡住下，也讓我有一個伴。」翠玉姨說著，雙眼流露出一份慈愛的眼神。

「謝謝您，翠玉姨。在我落難時您與罔腰姑仔都同時伸出援手，拉了我好大的一把，這份恩情我會銘記在心。」夏明珠真誠地說。

「這裡離加工區很近，剛到台灣時我也曾經在一家成衣加工廠做過縫紉工，只要勤奮，維持一個人的生活費絕對沒有問題。」

「可是我沒有這方面的經驗。」夏明珠坦誠地說。

「不要怕，只要肯學，很快就能學會。況且現在成衣加工出口的前景一致看好。加工區內有十幾家成衣加工廠，幾乎天天都在徵求女工，想找這種工作並不難。」

「翠玉姨，我願意到加工區工作，我一定會全力以赴的。」夏明珠信心滿滿地說。

「這幾天來妳也受過了，先休息幾天再說。但，千萬要記住：一切不如意的事先把它抛在腦後，凡事想開一點，天無絕人之路，惡人會有惡報，只是時機未到而已。」

「謝謝您的開導，我會牢記在心頭。」

「沒事時，要常給家裡寫信，慢慢地向他們解釋，請求他們的諒解，天下沒有不愛子女的父母，過些時候，一旦妳安定下來，他們也就放心了。我也會寫信告訴罔腰仔，要她找時間去安慰安慰妳的父母。」

提起父母，夏明珠的眼眶又紅了。一旦他們知道事情的端倪，一旦他們發覺自己的女兒做了一件不名譽的事，其傷心的程度，絕不是三言兩語可道盡。如果能重新來過，她死也不出外工作，願留在家裡替雙親分勞解憂，過著平平淡淡的農家生活。但一切過錯似乎與這些無關，只怪自己幼稚和盲目，一意孤行、自以為是，不接受旁人的勸告，才會造成今天這個不可收拾的局面，才會讓她成為一個沒有臉的人。然而，所有的自責並不能讓時光倒轉，受傷的心靈失去的貞操又能用什麼來彌補？一切猶如昨夜夢魂中，需待何日始甦醒；只有面對燦爛的陽光，只好面對嶄新的未來。或許這個世界並沒有沉淪，依然有它真的一面、善的一面、美的一面，罔腰姑仔、秀菊和翠玉姨，更是她人生再造的大恩人……。

15

我的人生歲月被這個突來的小生命攪得天翻地覆，
既然錯誤已經造成了，但我並沒有規避責任。
平安地讓她誕生，是我的初衷；
撫養她成人，是我不二的堅持。
今天她不想在這個世界上成為一個有母無父的孩子，
我能理解。但那塊在我體內孕育數月的骨肉，
卻那麼無聲無息地消失。
翠玉姨，我心裡不僅難過，也很傷心。

翠玉姨透過以前的一點老關係，很快的就在成衣加工廠替夏明珠找到了一份工作。工廠有電影院的三倍大，同時容納著幾百台的縫紉機，當然女工亦有數百人。有未婚的小姐、有已婚的阿嫂、有中年婦人，亦有不少是挺著大肚皮的孕婦，因而夏明珠微隆的腹部並沒有引起別人的注意。因為是新手，她被安排在車布邊的那一組，起初新手上路有點礙手礙腳的，經過幾天的歷練以及同組姐妹的指點，倒也駕輕就熟，少有差錯。

和翠玉姨之間更培養出一份濃郁的母女深情，她也將月薪撥出一部份，交給翠玉姨貼補家用，另一部份則寄回家，自己僅留下少許的零用錢。唯一讓她安慰的是不識字的父親也請人代筆數度來信，除了噓寒問暖，也同意讓她的户籍遷到台灣寄居在翠玉姨的户口下，以免超過時限，拖累當初辦理出境時替她做保的保證人。

在異鄉流浪了這些日子，她卻心繫故鄉。若依父親固執的個性，是不可能在那麼短的時間原諒她的，但天下父母心，此生能成為父女，或許也是一種緣分，彼此沒有不珍惜的理由，而父親的想法是否與她一樣呢？倘若說是，那便是父女連心；倘若說非，那便是惟恐她不能堅強活下去。無論是基於什麼理由，能接到父母噓寒問暖的書信，夏明珠深信父女深情依舊在。然而在喜悅的同時，她突然發覺到，自己身邊的餘款並不多，將來一旦生產，除了暫時不能工作外，又要花費一筆可觀的金錢，而這筆錢要從哪裡來？於是她想到加班，工廠接獲的訂單為數不少，幾乎天天有人在加班，這是她不二的選擇，也是唯一能讓她多賺點錢的大好時機。對於她的想法，翠玉姨並沒有太多的意見，但要她量力而為，千萬要注意自己的身體；尤其是一個孕婦，更是禁不起任何的勞累，一旦有個三長兩短，那可不是鬧著玩的。當然夏明珠也知道身體的重要性，然而，又有誰願意那麼辛苦去加班呢！或許，個人有個人不同的家庭因素，個人有個人不一樣的苦衷，如果不是工廠硬性的規定，一些想加班的人，或多或少總是為了錢吧。

每天拖著疲憊的身軀回到家裡，夏明珠幾乎已是精疲力盡地躺在床上呼呼大睡。隔天一早又趕著要上班，如此來回奔波，連個喘息的時間都沒有。只見她黑了眼圈，人也消瘦了不少，翠玉姨實在看不下去。

「明珠啊，妳這樣是不行的，妳會累倒的。」翠玉姨愛憐地說。

「不會啦，翠玉姨。妳看我不是好好的。」夏明珠雙手一攤，不在乎地說。

「從下個月起妳不要再去加班了，妳每月給我的那些錢也不用再給，把作息時間恢復正常，保重身體才是根本之道。」翠玉姨說了重話：「別忘了，妳的肚裡還有一個小生命！」

「翠玉姨，謝謝您的關心，我自己會注意也會保重的。」夏明珠認真地說：「那點小錢只不過是貼補您一點水電費，如果您不收下教我如何住得心安。」

「妳儘管安心地住下來。床鋪空著也是空著，我只不過是多擺了一雙筷子。妳幫我做的家事，妳對一位老年人的關懷，何止是一個空床位、一碗白米飯可相提並論的。」翠玉姨有些兒激動地說：「好好保重身體，生一個健康的小寶寶比什麼都重要。如果不嫌棄，以後就在這裡住下來，彼此有一個照應，將來妳去上班，我來幫妳帶孩子！」

「翠玉姨，您替我設想得太週到了，不知要如何感謝您才好。」夏明珠由衷地說。

「孩子，不必說那些客套話。佛家講的是緣分，在冥冥之中，我們的內心裡彷彿有一份很深很濃的情緣存在著。」翠玉姨心有所感地說。

「翠玉姨，那是一份母女情緣啊！」夏明珠神情凝重而認真地說。

「或許是吧……。」翠玉姨微微地笑著說。

然而夏明珠說歸說、做歸做，一天拖過一天，並沒有打消加班的念頭，每天依然為錢辛苦為錢忙。原本紅潤的臉頰，不僅有些蒼白與微黃，甚且也與其他孕婦一樣容易疲倦。時而還會有頭暈目眩以及厭食之感，下體偶而也有出血的徵狀，整個人顯得沒有一絲兒生氣，與實際年齡簡直不成比例。然而凡事她都忍了，久了則變成痲痹，一切都感到無所謂也不在乎。對於日漸衰退的身體與出現異狀的生理，卻始終未曾去理會、去調養或去醫療。是為了省錢，還是對人生有不一樣的思考？夏明珠的內心裡似乎也沒有一個完整的答案。

港都的氣候是多變的，時而豔陽高照，時而烏雲密佈；今天的氣候更是悶熱異常。具說中度颱風「愛麗絲」已在恆春外海幾百海浬處，如果風速不變，晚上會在南台灣登陸，高雄也是在它暴風圈範圍內，隨時都可能遭受到風雨的侵襲。因此，工廠宣佈晚上不加班，所有的門窗緊閉，一台台縫紉機和一箱箱加工完成的成衣，都往高處堆放，以防淹水。所有的員工在整理好這些後，門外已是風雨交加，但似乎沒人懼怕這場風雨，一個個只管往回家的路上走。

夏明珠捲起褲管，穿著一件輕便的雨衣，兩手緊緊地拉著雨帽，惟恐被風吹落。然而強風驟雨已猛烈地侵襲著她的身軀，雨帽也數度被它吹落，雨水已淋濕了她的髮際，不停地順著臉頰流下；流進了她的體內。輕便的雨衣已擋不住無情的風和雨，雖然再走一段路就可到家，但在這寸步難行的風雨裡，回家的路途竟是那麼地遥遠。她微低著頭，停下腳步，靠在一盞微弱的路燈下，如果現在能攔下一部三輪車該有多好，雙倍的車資她也願意付，只是這個夢想在雨夜的荒郊裡難以實現。她用手抹去臉上的雨水，模糊的雙眼隨即明亮了許多。突然地，她感到腹部有一陣陣的絞痛，頭部亦有些昏沉。清醒的意識告訴她，快速地回家才是當務之急，只有回到家在翠玉姨的關懷下，方能解決所有的難題。於是她按著絞痛的腹部，輕便的雨衣已阻擋不住強烈的風和雨，雙腳也逐漸地不聽指揮，頭髮緊貼在頭皮上，從頰上落下的不知是雨水還是淚水。視野一片茫茫，水溝的水已溢滿整條馬路。她低著頭弓著身，時而走時而爬，而近在咫尺的家依然還在遥遠處，想要抵達竟是那麼地艱難。在離家不遠的圍籬旁，她已失去了意識……。

經過一番掙扎和搏鬥，夏明珠的意志和身心已完全被這場風雨擊敗。醒來時，床頭懸掛著一瓶點滴，透明的小管子尾端是一支長針，直通到她左手的血管裡。模糊的眼簾只浮現出翠玉姨淡淡的影像，腹部有一份鬆弛感，下體卻有麻醉過後的疼痛，鼻孔呼吸到的，全是一些令人噁心的藥水味。

「孩子，妳醒了。」翠玉姨坐在床沿，用手輕輕地理理她散亂的髮絲。

「翠玉姨，這是什麼地方？」夏明珠的聲音低而弱。

「醫院。」翠玉姨輕聲地說。

「我生病了？」夏明珠微微地蠕動了一下蒼白的嘴唇，低聲地問。

翠玉姨點點頭，卻點出了兩行悲傷又憐憫的淚水。

「翠玉姨，外面風強雨又大。」夏明珠似乎想到了些什麼。

「孩子，颱風過去了，雨也停了。妳足足昏迷了三天。」翠玉姨柔聲地說。

夏明珠微閉了一下眼睛，突然地又張開無力的眼神，弱聲地說：

「翠玉姨，我的肚子好像變小了，也不像以前那麼地腫脹。」

「好好休息。妳的身體還沒有完全復元，不要想太多。」翠玉姨輕輕地撫著她的頭說。

夏明珠再次地閉上眼。不一會，又昏昏沉沉地睡了過去。

翠玉姨輕輕地把她的手放進被窩裡，面對著一張沒有血色的小臉，面對著一個被命運捉弄的生命，內心有難以言喻的感慨。要是她知道了，要是她知道肚子變小的原因不知會有多麼地難過。這個不該來的小生命終究又回歸到塵土，該為她高興還是難過？該為她慶幸還是悲傷？翠玉姨內心裡有一股無名的的茫然存在著。

夏明珠的雙眼再次地睜開，無神的眼望著白色的天花板。她想起了什麼：是生命中的淒風苦雨，還是未來的喜悅在心頭。而腹中的孩子是她此生的依靠，還是累贅？一個在異鄉求生存的單親家庭，要花費多少心血才能把他養育成人？無情的光陰始終沒有給她一個完美的答案，讓她苦苦的思索著。

「翠玉姨，我的下腹怪怪的，很痛。」夏明珠痛苦地皺了一下眉頭。

「孩子，忍耐點，妳已經平安無事了，醫生說很快就可復元。」翠玉姨安慰她說。

「我的肚子裡好像已經沒有東西了。」夏明珠的手在被窩裡摸索著。

「明珠，翠玉姨不能再瞞妳。妳的肚裡的確是沒有東西了。」

夏明珠似乎意識到發生了什麼事，淚水已先滾了出來。

「這是命，這是人們無法抗拒又必須面對的命運。今天會形成這個局面絕對是上蒼的安排。孩子已胎死腹中多時，曾經對妳的性命造成嚴重的威脅；如果再晚一點送醫，老天爺也保不住妳這條命。」翠玉姨輕輕地拭去她流下的淚水。一遍遍輕輕地拭去。「明珠，妳要堅強起來，往後要走的路還很長呢。」

「翠玉姨，我會堅強的。」夏明珠閉著眼睛說，卻阻擋不住那些猶如決堤的淚水。「我的人生歲月被這個突來的小生命攪得天翻地覆，既然錯誤已經造成了，但我並沒有規避責任。平安地讓她誕生，是我的初衷；撫養她成人，是我不二的堅持。今天她不想在這個世界上成為一個有母無父的孩子，我能理解。但那塊在我體內孕育數月的骨肉，卻那麼無聲無息地消失。翠玉姨，我心裡不僅難過，也很傷心。」

「我能體會到妳此時的心情。如果妳不難過、不傷心，那便是妳的心已痲痹，甚至人性也已淪喪。但我還是希望妳流乾淚水後，能重新站起來。」翠玉姨開導她說。

「會的。我會坦然地面對未來的人生歲月。」一串串的淚珠，一滴滴的淚水，又情不自禁地流濕了枕頭。

「妳的父母只有妳這位女兒，總有一天他們會年老，而老年人又不能沒有依靠。明珠，如今妳已沒有了拖累，必須勇敢地面對現實，回到父母的身邊，回到自己的故鄉，才是妳未來該走的路。」

「翠玉姨，在您的教誨和關懷下，希望我有這份勇氣。」

「孩子，能想開就好，但並非急於現在。待妳養好了身子，恢復了健康，再慢慢地來計劃吧；相信老天會補償妳的。」

「不，翠玉姨，我們不能怨天尤人。一切過錯都是我自己造成的，倘若要怪就怪自己的無知和幼稚吧。」

「這些日子來，妳雖然受到心靈與肉體的雙重煎熬，但卻領悟到不少真理。未來的路途對妳來說，必是一條寬廣又平坦的人生大道，它將引導妳走向一個幸福又安康的美麗新世界。」

「翠玉姨，謝謝您的祝福。未來果真有那麼的一天，您必是我夏明珠的再生父母；我會永遠的銘記在心頭……。」

16

此時的你與爾時的我並沒有二樣。
那個時候，我被惡魔的甜言所迷惑；
今晚你卻迷惑於一個曾經被惡魔沾染過的女人。
我懊悔當初的所做所爲，
有一天你同樣也會後悔和我在一起。

經過一段時間的調養，夏明珠的身體很快就復元了。然而她的內心似乎尚未完全平復，每日愁眉苦臉，強顏歡笑始終掩不住憂愁。就在她情緒最低落的時候，林森樑的出現的確讓她驚喜萬分。

「森樑哥，你什麼時候來高雄的？」一見到林森樑，夏明珠的內心既驚又喜，當然也有點兒不自在。

「明珠，我畢業了。坐明天的船回金門。」林森樑興奮地說：「從下學期起，我要到學校誤人子弟當老師了。」

「當老師，那真是太好了。」夏明珠替他高興著。「今天剛好是禮拜天不必上班，晚上我請你和翠玉姨吃飯。」

「不必客氣啦。」林森樑搖搖手，笑著說：「今天提早來高雄，最主要的目的是來看看阿姨和妳。因為我媽千交待、萬交待、再三的交待，不來看妳們回去準挨罵。」

「就衝著你專程來看我們，請你吃頓飯也是應該的。」夏明珠說。

「森樑又不是外人，妳也不必麻煩了，我們就到市場買點菜自己來煮。」翠玉姨適時地說。

「好，那我現在就去買。」夏明珠快速地拿了小錢包，提了菜籃，興沖沖地對著林森樑說：「森樑哥，要不要一起到市場走走？」

「好啊。很久沒逛市場了。」林森樑高興地說。

「那就一起去吧。」翠玉姨笑著說。

他們肩併肩緩緩地走在一條崎嶇的小路上。路的兩旁長滿著雜草，滿地的紙屑隨風飛舞，這真是一個名副其實的違建區。然而在這個城市裡，有一個遮風避雨的地方，對一位旅人來說誠屬可貴，豈能再有非份之想。

「森樑哥，人生的際遇有時是很難預料的。這些日子來如果不是阿姑和翠玉姨的關照，我實在是沒有勇氣活下去。」夏明珠首先打開了話匣子，坦誠地說。

「過去的就讓它過去吧。人非聖賢，在思想尚未成熟時，往往會做錯許多事。雖然妳的身心受到難以彌補的創傷，但卻從其中得到了教訓。妳還年輕，一時的挫折沒關係，只要妳勇敢的面對未來，去尋找妳生命中的另一個春天，相信幸福就在妳的眼前。」林森樑開導她說。

「有些事並非如我們想像的那麼簡單。人追求的永遠是完美。試想，一顆破碎的心靈，一個不完美的身軀，又有何資格去尋找春天。」夏明珠有些兒自卑地說。

「坦白說，當我知道事情的原委時，我的心裡也很難過。在我的心目中，妳永遠是那麼地聰穎懂事，想不到竟會被一些甜言蜜語所迷惑，做了無法挽回的憾事。」林森樑有感而發地說。

「森樑哥，你說台灣是一個美麗的寶島嗎？」

「難道妳做過如此的夢？」

「這或許是我失足的最大原因吧。」

「是的，長久以來我們被封閉在一個孤單的小島上。吃的是發霉的戰備米；聽的是隆隆的砲聲；喊的是反攻大陸去；看的是黃沙滾滾的土地。同一個國度卻沒有遷居的自由，註定要在這樣的小島上過一生。精神長期受到壓抑，才會有如此幼稚的夢想。」林森櫟有些兒激動地說。

「森櫟哥，雖然我的美夢已醒，但惡夢卻難揮。在我內心裡，寶島已不再美麗，人間何來天堂。」夏明珠感傷地說。「我一直在想：如果你當初繼續給我寫信，或許我不會淪落到這種地步。」

「妳在怪我？」

「沒有，我只是這樣想。」

「人是一種奇怪的動物，尤其是女人。當她被甜言蜜語迷惑時，心中是沒有旁人的；任何金玉良言和善意的規勸，總是被當成耳邊風。如果她的理智不能勝過情感，在那短短的剎那間，就是她吃虧上當的時候。我曾經聽母親說過，也聽秀菊說過，她們的勸告對妳來說一點都起不了作用，僅憑我的幾封信就能讓妳改變嗎？」

「雖然不能讓我完全改變，但總不會讓我愈陷愈深。因為我會想到，我的心還有另外一個男人在牽繫著，或許在行為上會有所節制和收斂。」

「如果妳現在的思維能取代當初的言行那就好了。明珠，妳的思想已經成熟了，昨夜那場混沌的夢也醒了；妳的青春歲月不該留在這個虛偽的人間天堂裡。回金門，回到自己的故鄉才是妳該選擇的方向。」

「翠玉姨也是如此地說。但我這個沾滿污穢的身，能重新去擁抱那片純潔的淨土？」

「從哪裡跌倒，必須從哪裡站起來。妳的身雖然沾了些穢泥，但妳的心永遠是那麼地純潔和善良，相信我們的島民會接納妳的。」

「森樑哥，謝謝你的鼓勵。」

「什麼時候啓程？寫信告訴我，我會到碼頭接妳。」

「或許，總有一天吧：：：。」夏明珠不敢肯定。

他們在一個老舊而髒亂的市場裡精挑細選，小小的籃裡盛著雞鴨魚肉和青菜，讓林森樑領略到夏明珠的誠意。雖然夏明珠歷經過生命中的淒風苦雨，疲憊的身心讓她清瘦了一些，但和林森樑走在一起，依然能看出她的端莊和美麗，甚且更有一份成熟的美感。看在林森樑眼裡，她依舊是一個清純的少女，過去的那些夢魘並沒有在他內心裡激起一些污濁的水花。

如果能重新來過，相信她一定能扮演出一個賢妻良母的好角色，他勢必也會以愛來彌補她心靈上的創傷，共同建立一個幸福美滿的家園。然而可能嗎？時光是否真能倒轉，罔腰姑仔能接受一個被玩過又被遺棄的女孩做她的媳婦？任憑夏明珠是一個絕代美女，任憑夏明珠有滿腹經綸和才華；除非罔腰姑仔什麼都不知道，除非罔腰姑仔是一個昏頭又白痴的母親。要不，在純樸保守的小島上，誰會接受一個破了身的媳婦？雖然罔腰姑仔對夏明珠百般的愛護和照顧，但那畢竟是基於同情和憐憫，以及一份難以割捨的鄉土情懷吧。

在異鄉的城市裡遇到久別的同鄉，雖然那份思慕的情懷依舊在，但夏明珠卻有著不同的感受。如今她已不是一個純情的少女，而是一株殘花敗柳，她又有何資格與一位即將為人師表的夫子相愛。晚飯後他們來到港都最浪漫的地方，它不是萬壽山而是愛河。而愛河潺潺的流水是否能撫平夏明珠創傷的心靈？他們緩緩地漫步在翠綠的草坪上，經過一株株低垂的柳樹，目睹柳下談情說愛的情侶們，林森樑的手輕輕地勾住夏明珠的指頭。他們想些什麼、想談些什麼、想說些什麼，無情的光陰並沒有給他們答案，任由時光隨著流水，流向愛河的出海口，流向一個深不可測的未來：：。

他們在一張鐵椅上坐下，低垂的柳樹覆蓋著他們的髮際，柔和的燈光映照在對面的河岸，遠方的天空有繁星在閃爍，如此的愛河夜景，教人不陶醉也難。突然，林森樑的手環過夏明珠的腰，輕輕地把她擁入自己的懷裡。他聞到的依然是一股撲鼻的少女香；他撫摸到的依然是一個軟綿綿的少女身軀；他聽到的依然是一聲聲柔柔的音韻，與當初他們在一起時並沒二樣，也沒改變。而就在他低頭想輕吻她的時刻，夏明珠伸手阻擋住他的唇。

「不，森樑哥。我的唇已沾染著魔鬼的唾液，它已不再是一塊聖潔的淨土。倘若接受你的吻，必讓我汗顏。」

「不要想太多，雖然妳在某一方面有所缺陷，但對我來說卻是完美的。明珠，我愛妳的心始終沒有改變。」

「那是不可能的，森樑哥。此時的你與爾時的我並沒有二樣。那個時候，我被惡魔的甜言所迷惑；今晚你卻迷惑於一個曾經被惡魔沾染過的女人。我懊悔當初的所做所為，有一天你同樣也會後悔和我在一起。」

「不會的，我永遠不會後悔。」

「在小島上，你將為人師表，擁有一份高尚的職業。而在現實裡，無論我們的學歷或家境都相差著一段距離；我又是一個失過足的女人，爾後會讓你抬不起頭來的。」

「我不在乎這些！」林森樑說後，緊緊地把她抱住。

「森樑哥，理智點。」夏明珠輕輕地把他推開。「我知道你現在不在乎；但我在乎，你的母親也在乎。島上的鄉親父老更在乎！」

「除了我母親，秀菊和翠玉姨外，又有誰會知道這件事。」

「紙永遠包不住火。」夏明珠有些兒激動地說：「這是一個永遠洗不清的污點！」

「只要我們真心相愛，沒有什麼不可以的。」

「我不想和你激辯。」夏明珠的情緒平復了一些。「森樑哥，如果我是以前的夏明珠，在今天這個浪漫的氣氛下，我會和愛河邊其他情人一樣，做一隻乖乖的小綿羊，接受你深情的擁吻。但今天的夏明珠，全身充滿著罪惡和污穢，此刻能和你坐在一起欣賞愛河怡人的夜景，我已經心滿意足了。」

「妳不能有這種想法，妳必須為妳爾後的幸福著想。世界上的男人絕對不會都像王國輝。離開這塊『美麗的寶島』，遠離這個『人間的天堂』，一起回金門追尋妳的幸福。」

「金門是孕育我成長的故鄉，有一天我勢必要歸去。但不是現在。」

「我願意在那塊歷經炮火洗禮過的島嶼等妳。」

「歲月最易摧人老，等待會有落空時。」

「不，等待是美的。美得就像愛河潺潺的流水……。」

他們相偕地站起，走在柔軟翠綠的草坪上。港都的夜空依然閃爍著萬般的光芒，鹹鹹的海風微微地吹在他們的臉龐，帶給他們一陣陣的清涼意。然而，這畢竟是異鄉的夜空，腳踏的也是異鄉的草坪，眼望的更是一個浮華不實的社會。因而，他們心裡沒有應有的踏實感，也沒有情人相約時的喜悦。今夜離別後，林森樑將搭乘軍艦返鄉，為島上苦難的莘莘學子貢獻所學，把青春和智慧奉獻給那塊島域，做一個人人敬仰的好老師。而夏明珠該走向何處？歸鄉的路途依然是那麼地迢遙，蹣跚的步履是否能越過險峻的高山，以及深深的溝渠？一切聽天由命吧……。

17

歸鄉的時間已不再遙遠；
汽笛鳴過後，軍艦就要啓錨了，
任何大風大浪也動搖不了她返鄉的決心，
任何無情的打擊更擊不垮她重新站起來的信心。
面對港都這個烏雲蔽日的城市，
她用鄙夷的眼神淡淡地瞄了一下，
而後再次「呸」地吐出一口痰。
是對這個城市無言的抗議？
還是吐出心中長久的怨恨？只有夏明珠心裡明白……

夏明珠因為工作勤奮，學習認真，很快地就被調到「剪裁部」，不久又升了領班。攸關她的私事，從不向人提及，倘若有同事問起，也只是含笑地帶過，始終保持著一份高度的神秘感。久而久之，習慣也就成了自然，大夥兒只知道她來自金門，對她卻無從瞭解起。當然，如果有人問起金門的事她是樂意奉告的，而且是知無不言，言無不盡；往往講到最後總有一些兒感嘆，也最容易勾起她思鄉的情懷。於是，她想起了年邁的父母，想起罔腰姑仔和秀菊；想起手持教鞭經常來信依然不死心的林森櫟，想起那條筆直的新市街道。然而，當她想起和王國輝繾綣纏綿的那個破爛的豬欄，心中隨即冒出一股難以熄滅的無名火。她一生的幸福就毀在這個人的身上，他是一個不可原諒的罪魁禍首。不管他遠赴國外，或藏身國內，那個來不及出世的「死囝仔」如果地下有知，應該快去找他這個不負責任的爸爸，用他幼小的嬰魂把他纏住，緊緊地把他纏住，她才甘心。

日子在忙碌又安逸的時光裡度過，轉眼來到港都已是一段不算短的時間。夏明珠並沒有什麼遠大的計劃和理想。她省吃儉用，唯一的目的是多存點錢買個棲身之所。雖然和翠玉姨相處融洽，但畢竟不是長久之計。有一天她在海上工作的兒子，終究會回到陸地娶房媳婦，屆時她就要離開這個暫時的居處。只要她想在這個異鄉的城市裡生存，就不得不為未來的歲月著想，這也是一個極現實的問題。如果有了自己的房子，將來也可以把父母親接來同住，她絕對能以自己的雙手來奉養他們，以盡為人子女之孝道。

然而，就在她為未來的時光做規劃的同時，她接到父親病重速返的電報。在那一個時刻裡，夏明珠的精神幾乎快崩潰，內心更有難以言喻之矛盾。「回家」與「不回家」這兩個看來十分簡單的問題，此刻卻在她的心裡交戰著，讓她難以取捨。倘若「回家」，她必近鄉情怯、寸步難行，只因為滿身的罪孽尚未洗淨。倘若「不回家」，她此生勢必要背負一個不孝女的罪名，讓親友們唾棄，更遑論要報父母恩。

「妳應當回去，妳應當回去看看。」翠玉姨提醒她說：「如果遲了妳會後悔終身。」

「翠玉姨，坦白說我是很想回去，但這張臉不知該往那裡擺？」

夏明珠對自己所作所為，依然耿耿於懷。

「凡事不要以此為藉口，上天對妳的折磨和懲罰也足夠了。況且，這並非是妳一個人的錯，要怪就怪這個社會吧。它衍生的悲劇天天有人在上演，錯誤的情事時時刻刻在發生。人非聖賢孰能無過，只要能記取這個教訓，忘掉那些曾經讓妳傷神和痛心的往事，重新振作起來，妳依然能在自己的家鄉，擁有一片燦爛輝煌的天空。」

「謝謝您的教誨和鼓勵，歸鄉這條路或許是非走不可了。一旦啓程，我絕對不再踏上這個城市一步。當初因何而來，如今依然牢牢地記在我心中。在我落難的時刻，如果不是您的收留，或許我夏明珠的白骨早已沉沒在西子灣的海域裡。翠玉姨，現在我突然想開了，一個人做錯事如果不敢坦然面對現實，整天畏首畏尾，那便是弱者的行為。」

「孩子，妳長大了。妳確確實實長大了。」翠玉姨開心地笑著。

「翠玉姨，在您慈暉的映照下，想不長大也難啊。」夏明珠興奮地說：「兩岸的對峙或許會逐漸地緩和，戰爭總有結束的一天，希望有一天妳也能回到自己的故鄉。」

「可不是。以前是天天打；到後來的打打停停以及單打雙不打。打了那麼多年，還是打不出一個名堂。明珠，妳說的沒有錯，戰爭會有結束的一天。」

「翠玉姨，您想不想回金門？」

「傻孩子，俗話說：月是故鄉圓，水是故鄉甜，不想回去是騙人的；落葉歸根，天涯遊子心啊！」

「有朝一日希望我們能在金門見。」

「如果我不死的話，總會有那麼的一天：：：。」

夏明珠沒有猶豫，不再徬徨。她申辦的是單程的出境手續，也做好把户籍遷回金門的準備。這個城市對她來說，並沒有什麼值得留戀的地方，唯一不能立即償還的那便是翠玉姨的恩情。夏明珠把她的決定以限時信向父母親稟告，俟出境證下來後，很快就能和他們見面。然而，她一直牽掛著父親的病情，但始終不好意思寫信告訴林森樑，請他代為關照。當然這樣也好，免得欠人家一份情；況且森樑哥的課務也相當忙，這或許也是她難以啓口的最大原因吧。但願父親的身體能早日康復，一旦回到金門她將分擔田裡的工作和家務，來減輕父母親肩上的重擔。這些日子以來，她也存了點錢，不但要把父親的病醫好，更要讓他們安享一個快樂安康的晚年。

夏明珠正式向工廠提出辭呈，也開始打理返鄉的行囊。當年，她懷著一顆沉重的心來到這個城市，今天的歸鄉是否能帶回一份喜悦？無情的光陰默數著她的歸期，讓她流下幾許傷心淚。曾經懷滿著希望，帶著未出世的孩子想到這個陌生的城市來尋夫，想不到負心郎已遠走異國；他的家人非但不相認，甚且她還受了一頓奚落和侮辱，如此的際遇，教她不傷心也難。雖然孩子等不及出世就隨著愛河潺潺的流水離她而去，讓她流盡了傷心失望的淚水。或許這個幼小的生命是不該來的，今天如果背負著這個包袱，她歸鄉的腳步勢必要停滯，留下一個不孝女的罪名在人間。而此刻她的心裡坦然多了，那份纏身的夢魘，正隨著時光的消逝慢慢地從她心裡失去。既然已鼓足勇氣踏上歸鄉的路途，未來她將無怨無悔留在自己的土地上，侍奉父母，過著與世無爭的平淡歲月。不管鄉人以什麼樣的眼光來看她，不管此生能不能夠找到幸福，她依然會勇敢的活下去。

向翠玉姨道別的那一刻，夏明珠伏在她的肩上嚎啕的痛哭著。想想：馬上就要離開這位情同母女的恩人；爾時如果沒有她的扶持，沒有她適時地伸出援手，她夏明珠何能再踏歸鄉路。

「孩子，不要傷心，也不要難過。人生的路途原本就佈滿著荊棘，從哪裡跌倒，就從哪裡爬起來，天無絕人之路。」翠玉姨輕輕地拍拍她的肩說。

「翠玉姨，我會勇敢地站起來，不會讓您失望的。」夏明珠拭了一下淚水，哽咽地說：「您要多保重。」

「放心地回去吧！只有踏上自己的土地，方能領受到那份踏實感和親切感；也惟有那個小小的島嶼，才是我們心中的人間天堂。」

「謝謝您的提醒……。再會吧！翠玉姨。」

夏明珠含淚辭別了翠玉姨，十三號碼頭對她來說並不陌生，返鄉的鄉親已依序上船。她站在甲板上，不想對這個悲傷的城市做最後的巡禮，竟連揮手說再見的意願也沒有，她不僅失望也傷心，今生今世絕不再踏上這塊污穢的土地一步。美麗的寶島只不過是空有的虛名，人們過著醉生夢死的生活；虛偽浮華、笑貧不笑娼，是這個城市的標誌。她輕咳了一聲，故意把一口痰吐在這片污濁的海水裡，而後是一聲不屑的冷笑。歸鄉的時間已不再遙遠；汽笛鳴過後，軍艦就要啓錨了，任何大風大浪也動搖不了她返鄉的決心，任何無情的打擊更擊不垮她重新站起來的信心。於是夏明珠笑了，面對港都這個烏雲蔽日的城市，她用鄙夷的眼神淡淡地瞄了一下，而後再次「呸」地吐出一口痰。是對這個城市無言的抗議？還是吐出心中長久的怨恨？只有夏明珠心裡明白……。

18

離家愈近，她的神情愈緊張，幾乎到了沸騰的極點。

一旦到了家，一旦面對自己的父母，

或許是她下跪贖罪的最好時機。

而病塌上的父親，是否能接受女兒懺悔的心聲？

年邁的母親是否會不記前嫌，

依然以一對慈祥的眼神來關愛她？

無數的問號，讓夏明珠陷入一個痛苦的深淵裡。

在晨曦的微光裡，遠遠已望見濛濛的太武山頭。雖然別離了一段時間，但「金門」這二個字對她來說依然是那麼的熟悉和親切。然而，她的心裡卻有五味雜陳的感慨；一旦上了岸，一旦走在回家的路上，她必須要面對爾時朝夕相處的鄉親。對於一位曾經失足的女子來說，一份自卑的心情不禁油然而生，這或許是一種自然的心裡反應吧？！

潮水終於盈滿了港灣，水兵以他專業而熟練的技巧，把龐大的軍艦停靠在岸邊。望著爭先要下船的鄉親，夏明珠的心情彷彿滑落到一個冰冷的極點。是近鄉情怯？還是無顏面對家人？她返鄉的勇氣在剎那間回復到失落的原點。她始終沒有和熟與不熟的鄉親打過一聲招呼，自個兒拎著行李低著頭，填了入境三聯單，打開行李讓安檢人員檢查，而後從鐵絲網的圍籬處，默默地走出來：：。

「明珠。」

驀然，她被一聲熟悉的聲音怔住，舉頭一看，竟是秀菊。

「秀菊，是妳！」夏明珠興奮地走過去，緊緊地握住她的手說：

「妳怎麼知道我要回來？」

「是翠玉姨打回來的電報，森樑哥要我來接妳；他今天有七節課要上，不能親自來接妳。」

「秀菊，謝謝妳。」夏明珠眼裡閃爍著一絲兒淚光。「有妳陪我回家，或許我的腳步會更安穩。」

「回來就好，不要再去想那些不愉快的事。」秀菊安慰著她說。

「好久不見了，明珠，妳雖然清瘦了一些，但依然是那麼漂亮。」

「歷盡滄桑的女人，還有什麼漂亮可言。」夏明珠苦澀地一笑。

「我爸病情不知怎麼樣了？」

「好像沒什麼起色。聽說妳媽已替他辦了出院，自行在家療養。」

「耕了一輩子的田，也辛苦了一輩子，如今又是病魔纏身，叫我不難過也難啊。」夏明珠紅著眼眶感嘆地說。

秀菊沒說什麼，似乎也感染了她那份悲傷的沉味。

她倆上了一部攬客的計程車，告訴司機地址後，直往回家的路上奔馳。沿途她們並沒有繼續地交談，夏明珠雙眼凝視著車窗外；雖然故鄉的景物依稀，雙旁綠色的隧道更是她永恆的回憶。草地上的牛羊、田裡的農作物、門口埕的雞鴨，每一個景象都深深地印在她的腦海裡。然而，這些景物並不能讓她緊繃的神經放鬆，離家愈近，她的神情愈緊張，幾乎到了沸騰的極點。一旦到了家，一旦面對自己的父母，或許是她下跪贖罪的最好時機。而病塌上的父親，是否能接受女兒懺悔的心聲？年邁的母親是否會不記前嫌，依然以一對慈祥的眼神來關愛她？無數的問號，讓夏明珠陷入一個痛苦的深淵裡。

計程車停在家門口，踏進自家門檻的腳步竟是那麼地沉重。秀菊幫她提著行李，急速地想見父親一面是夏明珠此刻不二的選擇。而她的父親火旺叔竟然不是躺在臥房裡，是在大廳右側臨時用鋪板拼起來的水床上。他的眼眶深凹，眼球凸起，一層微黃而沒有血色的皮膚覆蓋在他瘦削的臉上，無力地吐著微弱的氣息。夏明珠走到他的床前，雙腳軟弱地跪在他的身旁，用手輕輕地撫摸著火旺叔的臉，低聲地喊著：

「爸爸，爸爸，我回來了。」一遍遍柔聲地喚著：「爸爸，爸爸，我回來了。」而後，淚水像決了堤的海水，一波波向低漥處不停地傾洩著：：：。

「媽。」久久，她突然站起，撲向一旁的火旺嬸，緊緊地把她抱住，而後雙腳無力地跪下，跪在火旺嬸的面前。「媽，對不起。我做了錯事，請您原諒我：：：。」

「孩子，回來就好，回來就好。」火旺嬸說後輕輕地拉動她的手。「快起來，快起來。」

「媽：：：。」夏明珠並沒有站起，反而哇地一聲又痛哭了起來；而後轉身爬到火旺叔的床前，輕聲地說著：「爸爸，爸爸，請您原諒我。」可憐的火旺叔並沒有聽見女兒的呼喚和懺悔，依然吐著微弱的氣息。

「好了，明珠，該起來休息一會。」秀菊走到她身旁，輕拍著她的肩說。

「秀菊說得沒有錯，起來休息休息吧。」火旺嬸也安慰她說。

夏明珠含淚地站起，面對著髮絲斑白、皺紋滿臉、腰彎背駝的火旺嬸，情不自禁地又響起一陣嚎啕的哭聲。在這悲傷的哭聲裡，聲聲激動著火旺嬸的心扉，聲聲如銳器般地刺在火旺嬸的心坎裡。母女相擁失聲地痛哭著……。

「媽，我們都不能再難過、再傷心。我們應該更堅強地站起來，期待著爸爸病情的好轉。」

「孩子，妳爸爸的病情已不可能再現奇蹟了。他唯一惦記的就是妳，偶爾地醒來，也只是唸著妳的名字。如今妳回來了，他的心願或許已了，未來的日子可能不多啦，這個家必須由我們母女共同來支撐，想不堅強也難啊。」

「媽，您放心。我挑得起這付擔子。」

「孩子，妳歷經人生中最大的波折和苦難，或許身心已疲；如今再讓妳挑這副重擔，我於心何忍啊！」

「媽，這是上天對我的懲罰，我無怨無悔。」

就在母女對話的時刻，突然火旺叔微微地睜開了眼，原本黑色的眼珠，此時卻覆蓋著一層微黃的薄膜。深凹的雙頰、露出脣外的牙齦，久未剃刮的鬍鬚，讓他失去原有的光彩，毋寧說已不成人樣。夏明珠走了過去，蹲下身，輕輕地撫著他瘦削的臉龐。低聲地說著：

「爸爸，我回來了。」

火旺叔似乎有了感應，露出一絲滿足的微笑。在剎那間的微笑裡，隱藏著一份無所取代的父女深情，裡面溶解著寬恕和包容。而後他微微地再閉上眼，也同時閉上安祥無憾的人生歲月……。

悲傷的哭泣聲在這方古老的屋宇裡繚繞，紙錢的灰燼滿地輕飄。任何的呼喚也喚不醒長眠的老者，任何的哀嚎依然不能讓往生者復活，這或許就是悲歡離合的人生歲月吧？！

聽到火旺叔往生的消息，罔腰姑仔和林森樑也趕來致哀。看見身穿藍布衣裳，額綁頭白，哭腫眼的夏明珠，林森樑內心裡似乎也湧起一股無名的悲傷。在眾多的目光下，他有所顧忌地始終和夏明珠保持著一段距離。鄉村是較有人情味的，遇到婚喪喜慶，幾乎家家户户都來幫忙。林森樑雖然想幫點什麼，但實在無從幫起，一個人傻傻地站在門口埕。罔腰姑仔卻一直陪著火旺嬸，安慰著火旺嬸。

「森樑哥，你裡面坐吧。」夏明珠主動地走了過去。

「妳不用招呼我。」林森樑愛憐地說：「自己要保重。」

「原以為回來盡孝的，」夏明珠一陣哽咽，「想不到是送父親上山頭。」

「不要難過，這就是所謂的人生，它必須歷經生、老、病、死等關卡。今天能夠回來見他老人家最後一面，那必是妳們父女連心的展現。」

「說來也是，再遲一天連最後一面也見不到了，我會遺憾終身的。」

「這點錢妳先拿去用。」林森樑從口袋裡取出一個厚厚的信封遞給她說。

「不，」夏明珠手一揮，並沒有把信封接下。「這幾年來我存了一點錢，父親的喪葬費不會有問題的。」

「拿去吧，」林森樑再次遞給她。「多買些紙錢燒給他老人家，略盡一點孝道。」

「森樑哥，我不會跟你客氣。一切都準備差不多了，你的好意我會稟告母親的。」

「好吧。」林森樑不再堅持。「如果有需要，隨時告訴我。」

「謝謝你。」夏明珠誠摯而柔聲地說。

今天的見面，雖然是他們回到這方島嶼上的第一次，然他們除了短暫的交談外，並沒有再談些什麼。只因為火旺叔尚未出殯，靈柩還停放在大廳裡，任你心中有千言萬語想傾訴，此時並非好時機。然而，在夏明珠心中，似乎並沒有什麼特別的話想和林森樑溝通和深談。該說的已經在愛河畔講得清清楚楚了，她知道林森樑是不會就此罷休的，每封信都是勸說的道理和思慕的情懷。但她能嗎？一個曾經失足的女子，能接受他的愛？能嫁給他為妻？這是不可思議的一件事。如果不是父親病重，她此時並沒有做歸鄉的打算；假以時日，林森樑勢必會慢慢地把她淡忘，甚至也會全然地把她忘記。

而在林森樑的思維裡，他依然沒有忘記這份純純的愛。對於夏明珠所犯的過錯並不在意，對於她的遭遇更是心生同情。在四年的大學生涯裡，他親眼目睹同居又分離的男女同學；他們並沒有傳統的貞操觀念，把性當成是一種必然的洩慾工具。一個處女身又能值幾文，一顆純潔的心靈才是他想追求的。夏明珠雖然失足，但並沒有沉淪；在他的心裡，依然是一個標準的賢妻良母。因而，他愛夏明珠的心始終沒有改變，只是夏明珠的思慮過於細密，處處替人設想，卻從不為自己打算。倘若今生得不到幸福，則遠超於當初的失貞，難道要孤零零地陪著母親過一生？這是她必須思考的問題：：。

火旺叔的喪禮在簡單隆重又哀傷的氣氛下完成。夏明珠的淚水已流乾，沙啞的聲音、紅腫的雙眼，藍布衣裳萬里鞋，別在髮上的小白花，幾乎讓她成了一個老婆子；火旺嬸傷心的程度更不在話下。然而傷心歸傷心，日子總是要過的，田裡的農作物，待放牧的牛羊，該餵食的雞鴨，還有一欄好吃懶動的豬隻，這些日常生活的擔子，看似簡單卻鑾累人。幾年沒有上山下田的夏明珠，必須戴上箬笠、捲起褲管，接下火旺叔遺留下來的農耕工作。

自從回到這個小島嶼後，夏明珠並沒有跨出村外一步，村人亦沒有用異樣的眼光來看她。然而，她心中卻有一個揮不去的陰影，這個讓她不敢接近幸福的陰影便是「自卑」。

有一天秀菊專程回來看她，但似乎不像是休假，而是受人之託回到這個古老的村落。

「明珠，打開天窗說亮話，妳對森樑哥的看法怎樣？」

「秀菊，我的事妳最清楚。像我這樣的女人，還能對一位為人師表的優秀青年品頭論足？我能有什麼看法。」

「妳不能再這樣下去，回復一個健康的心理和繼承父親的農耕一樣重要。森樑哥對妳的感情始終沒有改變，罔腰姑仔也充分尊重他的選擇。明珠，這是妳追求幸福的大好時機，妳千萬不能失去這個機會。」

「秀菊，謝謝妳的開導。自從發生那件事後，沒人會比我更瞭解我自己。我知道森樑哥的用心和愛心，但我不能接受這份愛。一個失足的女人，一個連自己都不能原諒的女人，她還有什麼權利追求幸福。」

「明珠，妳不能有這種不正確的思維和想法。森樑哥不計較，罔腰姑仔不計較，妳更沒有計較的權利！」秀菊有些兒激動地說。

「秀菊，妳錯了。現在不計較，不表示以後不計較，不代表永遠不計較。」

「妳不把握住現在，怎麼能知道未來呢？」

「與其失去現在的幸福，也不能有痛苦悲慘的未來。」

「明珠，妳變了。妳的的確確變了。難道妳要孤孤單單地過一生？在漫長的人生歲月裡不想有一個伴？在苦難的日子裡不想有一個依靠？」

「過一天算一天，其他的以後再說吧。」

「以後再說？」秀菊重複著她的話，「明珠，青春一去不復返。以後、以後老了還有誰要？」

「我永不強求，一切聽天由命！」

「明珠，機會和青春是一樣的；一旦失去，永不復返。坦白說，今天我是受罔腰姑仔之託，先來徵詢妳的意見。如果妳同意了，她將央請媒人來提親，在妳父親往生的百日內，讓妳和森樑哥結婚。」

「秀菊，我的心意已定。目前陪伴母親和從事農耕是我不二的選擇。請妳代我轉告：他們永遠是我心中的罔腰姑仔和森樑哥……。」

冬至過後，秀菊休假回來時，罔腰姑仔託她帶來兩包囍糖。也同時告訴她，林森樑和何美娟老師訂婚的喜訊。一陣無名的喜悅掠過夏明珠的腦際，只見她雙手合十，口中唸唸有詞，衷心地祝福他們……。

尾聲

一九七八年，也是火旺嬸死後的第二年。一些在這方島嶼等待反攻大陸而無望的「北貢兵」，因為屆齡相繼地退伍。許多人和這個小島衍生出一份革命情感，因而選擇在島上定居。來自中華民國山東省的老海便是其中之一。老海是金門防衛司令部政治作戰部「武揚餐廳」上士炊事班長。他負責炒菜，煮大鍋飯對他來說也並非難事，蒸饅頭更是他的拿手。老海為人忠厚老實，除了吸煙外，似乎並沒有什麼不良的嗜好，只偶爾地到特約茶室去紓解一下壓抑的性，這對那些北貢兵來說並不是什麼新鮮事，也不必大驚小怪；只要他們小心行事，不要染上梅毒就好。其他的，又何必替他們擔憂。

幾十年的軍旅生涯，老海也存了不少錢，加上領了乙筆退伍金，只要省吃儉用，往後的生活費絕對不成問題。於是經人介紹來到這個小村落，租了一間廉價又老舊的柴房，經過一番整理，也就無憂無慮地住了下來。而這間空閒著的老柴房，屋主正是孤單的夏明珠。老海依北貢的慣例，叫夏明珠「阿嫂」。

自從火旺嫲死後，夏明珠肩上的擔子更重了。除了農耕，還要自行料理三餐，對於吃她從不講究，只要能填飽肚子就好，但還是經常飽一餐餓一頓。看在房客老海眼裡，則心生了同情。於是老海經常多做了幾個饅頭或包子，送給夏明珠。夏明珠眼見老海的一番誠意，也就無所顧忌坦然地接受。

「老海，經常吃你的東西，真不好意思。」

「阿嫂，妳不必客氣。每次我都是蒸了一籠子，自己一個人吃也吃不完。」

「如果你想吃頓地瓜稀飯就告訴我一聲，我可以多煮一點。」

「謝謝妳，阿嫂。看妳每天一大早就開始忙，真讓人佩服妳的幹勁。」

「習慣了，也是不得已。」

「如果田裡需要人幫忙，妳儘管吩咐。我山東老家也是種田的。反正我一天到晚沒事幹，閒得慌。」

「謝謝你，老海。我能感受到你的誠意，如果需要你幫忙的地方，再麻煩你吧。」

老海中規中矩、忠厚老實、樂於助人的形象，在這個村落很得人緣，也博得全村老少的信任，幾乎沒有人會懷疑他的操守和熱忱。或許，反攻大陸回老家的美夢已難以實現，因而他選擇在這個純樸的村落長期定居，村民更是鼓起熱烈的掌聲以表歡迎。於是經過一段時光的觀察和研商，村內長老和婆孀們總認為老海和夏明珠是很搭配的，如果能把他們撮合在一起，相互之間也有一個照料，何嘗不是美事一樁。經過多次對夏明珠和老海的勸說和開導；甚至遠嫁金城的秀菊，也經常帶著孩子加入遊説的行列。他倆終於點頭願意相互扶持和照顧。雖然他們的年紀相差近二十歲，但年齡的差距，似乎與實際人生沒有太大的關聯。在那段可貴的時光裡，他們相親相愛，相互包容和扶持，過著幸福美滿的田園生活。然而，幸福美滿的生活往往也遭天嫉，老海因心肌梗塞延醫失救，終於與世長辭……。

全文完

二〇〇三年四月脱稿於金門新市里
二〇〇三年五月一日載於浯江副刊

後記

寫完《夏明珠》，正是木棉花開時節。我並非詩人，始終感覺不出那份浪漫的氣息。唯一在腦裡盤旋的依然是書中的人物和故事。爾時雖是一個懵懂的少年，但對於島上所發生的一些瑣事，四十餘年後仍然記憶猶新，它也是觸動我寫這篇小說的原委。然而當我提筆想寫時，故事卻突然地從我腦裡消失；心中已沒有夏明珠，記憶裡也沒有夏明珠，夏明珠已從我的思維裡失去了蹤影。朋友期待中的「四季書」：《春花》、《夏明珠》、《秋蓮》、《冬嬌姨》的確已不能完整地呈現在讀者的面前，雖然感到失望，但並沒有絕望。

當散文〈轉眼冬天到〉在浯江副刊發表後，夏明珠的身影又死灰復燃地在我心中燃燒著。只因為那篇散文引起一些小小的議論，朋友們不僅紛紛來電打聽文中的「詩人」是誰，竟然也相互地猜測起來。究竟詩人是誰呢？當然不是「我」，亦非「他」，更不是「你」。倘若有人喜歡對號入座，那便是「他」。相信我的答覆會令那些愈老「神經」愈「大條」的朋友們滿意的。因而，原本想繼〔山谷歲月〕、〔木棉花落花又開〕、〔轉眼冬天到〕等，以詩人為抒發對象的散文就此擱筆，以免被誤會我是麻煩的製造者。基於此，不得不讓夏明珠重新在我腦裡復活；不得不用笨拙的手，寫出夏明珠這篇久遠的故事。誠然它待商榷的地方仍多，但空有滿懷理想與光說不練是人性最大的詬病。能把這個故事寫完，能把它記錄在浯鄉的文學史上，我已無憾。

生活在美麗島上的朋友們，或在這方島嶼成長的讀者們，毋須懷疑故事的真實性。不要忘了，有天堂就有地獄，有美麗就有醜陋。《夏明珠》代表的雖然只是社會的層面，但我們卻親眼目睹時下少數的少女，與文中的夏明珠並無兩樣；夢想一個美麗的新世界，被甜言蜜語所迷惑。唯一不同的是夏明珠有一顆「失足成千古恨」的羞恥心，而那些幼稚無知的少女們，卻不知「廉恥」為何物。換上新的衣裳後，又是一隻迷人的彩蝶，在那片即將沉淪的草地上狂飛亂舞。我們悲哀，但也無奈。

無情的時光已走遠，歲月持續摧人老，人生已沒有幾個十年或二十年。無論歷經的是生命中的風霜雨雪，或是一地燦爛的金光。彷彿快樂的「童年」就在眼前。叛逆的「少年」期也在不遠處。莽撞的「青年」歲月已走遠。一事無成的「中年」恰如過眼雲煙。眨眼竟是徘徊塋前的「老年」時。回頭卻是俗稱的「百年」後。然而我始終坦然來面對，如果真有來生，我情願在這條孤單寂寞的文學道路上，無怨無悔地走到它的盡頭：：。

感謝您，親愛的讀者們。

附錄

作者年表

一九四六年　民國三十五年
八月生於金門碧山

一九六一年　民國五十年
六月讀完金門中學初中一年級因家貧輟學

一九六三年　民國五十二年
一月任金防部福利單位雇員，暇時在「明德圖書館」苦學自修

一九六六年　民國五十五年
三月第一篇散文作品〈另外一個頭〉載於正氣副刊

一九六八年　民國五十七年
二月參加救國團舉辦「金門冬令文藝研習營」
一九七二年　民國六十一年
五月由福利單位會計晉升經理，仍兼辦防區福利業務
六月由臺北林白出版社出版《寄給異鄉的女孩》初版一刷　文集
收一九六六——七一年作品，散文、小說、評論　各十篇
八月由臺北林白出版社出版《寄給異鄉的女孩》再版一刷　文集
一九七三年　民國六十二年
二月長篇小說《螢》　載於正氣副刊
五月由臺北林白出版社出版《螢》初版一刷　長篇小說
七月與友人創辦《金門文藝》季刊，擔任發行人兼社長，
撰寫發刊詞，主編創刊號
九月行政院新聞局以局版臺誌字第００四九號核發

金門地區第一張雜誌登記證，時局長為錢復先生

一九七四年 民國六十三年

六月自福利單位離職，輟筆，經營「長春書店」

一九七九年 民國六十八年

一月《金門文藝》革新一期由旅臺大專青年黃克全等接辦，

仍擔任發行人

一九七四年——一九九五年 民國六十三年——八十四年

創作空白期

一九九六年 民國八十五年

七月復出

新詩〔走過天安門廣場〕 載於浯江副刊

八月散文〔江水悠悠江水長〕 載於青年日報副刊
九月中篇小說《再見海南島 海南島再見》 載於浯江副刊

一九九七年 民國八十六年
一月由臺北大展出版社出版發行三書：
《寄給異鄉的女孩》增訂三版一刷 文集
《螢》再版一刷 長篇小說
《再見海南島 海南島再見》初版一刷 文集
三月長篇小說《失去的春天》 載於浯江副刊
七月由臺北大展出版社出版發行
《失去的春天》初版一刷 長篇小說

一九九八年 民國八十七年
一月長篇小說《秋蓮》上卷〔再會吧，安平〕 載於浯江副刊
五月長篇小說《秋蓮》下卷〔迢遙浯鄉路〕 載於浯江副刊
八月由臺北大展出版社出版發行三書：

《秋蓮》初版一刷　長篇小說

《同賞窗外風和雨》初版一刷　散文集

《陳長慶作品評論集》初版一刷　艾翎編

一九九九年　民國八十八年

六月長篇小說《秋蓮》列入《一九九八年臺灣文學年鑑》

十月由臺北大展出版社出版發行

《何日再見西湖水》初版一刷　散文集

二〇〇〇年　民國八十九年

三月長篇小說《失去的春天》、《秋蓮》、《再見海南島　海南島再見》、《同賞窗外風和雨》由行政院文建會編入《一九九九年中華民國作家作品目錄》

五月二十八日　『金門縣寫作協會』「讀書會」假縣立文化中心舉辦《失去的春天》研讀討論會，作者以〔燦爛五月天〕親自導讀。

九月長篇小説《午夜吹笛人》初稿完成
十月長篇小説《午夜吹笛人》 載於浯江副刊
十二月由臺北大展出版社出版發行
《午夜吹笛人》初版一刷 長篇小說

二〇〇一年 民國九十年
四月〔今年的春天哪會這呢寒〕——咱的故鄉咱的詩 載於浯江副刊
五月應縣藉導演董振良邀請，參加公視【走過戰地——金門半世紀】紀錄片，第二單元〔穿上脱下〕演出
十一月長篇小説《春花》初稿完成
十二月長篇小説《春花》 載於浯江副刊

二〇〇二年 民國九十一年
三月由臺北大展出版社出版發行
《春花》初版一刷 長篇小説

四月長篇小說《冬嬌姨》初稿完成

四月十一日（今年的春天哪會這呢寒）——咱的故鄉咱的詩 由【台北人 故鄉事 『馬』年『金』好玩藝文週】主辦單位邀請台語大師趙天福譜曲，在台北永康公園，於閉幕重頭戲時，帶領全場一同吟唱，讓都會人深刻感受鄉土的金門文風，以及對金門時局變遷的心情

五月長篇小說《冬嬌姨》 載於浯江副刊

八月由臺北大展出版社出版發行《冬嬌姨》初版一刷 長篇小說

十二月二日散文（轉眼冬天到）載於浯江副刊

十二月十五日由「國立高雄應用科技大學金門分部」觀光系主辦，「行政院文建會」及「金門縣政府」協辦之【碧山的呼喚】系列活動，作者親自朗誦閩南語詩作：（阮的家鄉是碧山）為活動揭開序幕。

十二月二十日由臺北大展出版社出版發行《木棉花落花又開》初版一刷 散文 詩合集

二〇〇三年 民國九十二年

四月長篇小說《夏明珠》初稿完成

五月一日長篇小說《夏明珠》載於浯江副刊

八月由台北大展出版社出版發行

《夏明珠》初版一刷 長篇小說